CONTES
ET NOUVELLES,

DÉDIÉS A SON ALTESSE ROYALE

Le Prince

de Joinville - d'Orléans,

PAR J. COMMERSON.

PARIS,

DABO JEUNE, LIBRAIRE-ÉDITEUR,

RUE SAINT-ANDRÉ-DES-ARCS, N° 71,

au coin du Passage du Commerce.

1825.

CONTES

ET NOUVELLES.

DE L'IMPRIMERIE DE E. POCHARD,
rue du Pot-de-Fer, n° 14.

Oui, Monsieur, elle doit vous être bien précieuse!

Gabriel sculp.

CONTES
ET NOUVELLES,

DÉDIÉS A SON ALTESSE ROYALE

Le Prince

de *Foinville - d'Orléans,*

PAR J. COMMERSON.

PARIS,

DABO JEUNE, LIBRAIRE-ÉDITEUR,

RUE SAINT-ANDRÉ-DES-ARCS,

au coin du Passage du Commerce.

1825.

À S. A. R.

le Prince de Joinville-d'Orléans.

Jeune Prince,

Daignez accueillir, comme un hommage de ma vive reconnaissance envers votre auguste père, mes premiers

essais dans le genre de Berquin et de Bouilly : je m'estimerais heureux d'apprendre qu'ils vous ont inspiré quelqu'intérêt.

Daignez aussi agréer l'assurance du profond respect avec lequel j'ai l'honneur d'être,

Monseigneur,

De votre Altesse Royale

Le très humble et obéissant serviteur,

J. COMMERSON.

CONTES.

CONTES.

La Montre de Pierre.

JE me trouvais dernièrement chez le marquis de Saint-Georges, avec un jeune garde-du-corps. Au milieu de la magnificence et du luxe moderne qui règnaient dans le salon où nous fûmes reçus, nous distinguâmes une montre d'argent, de forme gothique, suspendue à la cheminée par une chaîne de fer grossièrement travaillée. Une clef de cuivre complétait ce bijou, sur lequel le jeune militaire

1

jettait, de temps en temps, un regard ironique. Le marquis s'en aperçut : « Monsieur, lui dit-il, vous êtes surpris de voir ici cette montre, mais votre étonnement cesserait si vous saviez comment j'en suis devenu possesseur. Veuillez m'écouter un instant, et vous jugerez ensuite si je dois la conserver comme un objet précieux.

« Avant cette fatale révolution qui bouleversa si terriblement notre belle France, je goûtais chez mon père, dans l'hôtel de mes ancêtres, toutes les jouissances de la vie. Une fortune colossale, de la naissance, de l'éducation, tout semblait devoir assurer mon bonheur ; l'orage éclata et je connus l'adversité. Mon père contraint, pour dérober sa tête à la fureur des partis, de se sauver

en Allemagne, y mourut quelques mois
après de chagrin, et une demi-douzaine
de sbires vinrent me sommer un jour
d'évacuer l'hôtel que nous habitions, et
dont la nation s'était emparé. Je voulus
emporter au moins des livres, du linge,
des vêtemens; on s'y opposa et je fus
jeté dans la rue comme le dernier des
misérables. Que faire? Que devenir? J'en-
trais alors dans ma dix-septième année,
et je n'avais encore qu'une faible connaissance du monde. Je me rendis chez les
amis de mon père, chez les gens que j'a-
vais vus presque continuellement assis à
sa table et comblés de témoignages de
son affection; mais les uns ne voulurent
pas me reconnaître, et les autres me
dirent qu'une seconde visite du fils d'un
noble, d'un émigré compromettrait leur

1.

tranquillité, leur fortune, peut-être même leur vie, et qu'ils me dispensaient de revenir.

« Indigné, mais non surpris, je ne comptai plus alors que sur moi. Je connaissais la musique, et je résolus de chercher dans cet art, que je n'avais étudié que pour mon agrément, des ressources pour subsister. Je louai donc au cinquième étage dans un hôtel du faubourg Saint-Germain un modeste cabinet, et je fus assez heureux pour trouver bientôt trois élèves chez lesquels je me rendais tous les jours avec une régularité scrupuleuse.

« Il y avait vis-à-vis la maison où j'avais établi ma résidence un décroteur nommé Pierre, dont la physionomie ouverte me frappa. Ce brave jeune homme, au-

quel je ne pouvais malheureusement rien
faire gagner, était d'une politesse recher-
chée envers moi. Il m'ôtait son chapeau
toutes les fois que je passais, il s'infor-
mait de ma santé et me témoignait une
affection à laquelle j'étais sensible. Pierre
avait une montre, et, comme je devais
sortir régulièrement tous les matins à
neuf heures pour aller donner ma première leçon, je lui demandais souvent
l'heure du jour. Je n'avais besoin pour
cela que de paraître à ma croisée où je
recevais d'en bas le signe du départ.

« Plusieurs mois, une année même
s'écoulèrent sans que cette obligeance se
ralentît; quand un jour je regarde par
la fenêtre sans voir Pierre à sa place ac-
coutumée. Où est-il? Que lui est-il arrivé? J'attends, peine inutile, il ne paraît

pas. Je descends m'informer dans le quartier si on n'a pas vù Pierre, on me répond que non. Il est neuf heures et demie, il faut me rendre à mon devoir. Jamais le temps ne me sembla plus long. Je reviens enfin précipitamment, Pierre n'est pas encore à sa place. Je compte toutes les heures, aucune ne me rend mon obligeant voisin. J'attends le lendemain avec impatience, mais je n'ouvre vingt fois ma fenêtre que pour la refermer vingt fois sans voir celui que j'attends. Grand Dieu! Ne dois-je plus revoir ce bon jeune homme? A-t-il quitté Paris? Est-il retourné dans ses montagnes? Non, Pierre m'aurait fait ses adieux. Huit jours, quinze jours se passent pour moi dans les plus vives inquiétudes; je ne mangeais presque pas, j'avais le cœur navré, quand

un matin j'entends frapper à ma porte.
Je cours ouvrir, c'était un savoyard, de
bonne mine, qui se mit à pleurer en me
voyant. Je l'interroge sur le motif de sa
douleur, hélas! Monsieur, me dit-il,
Pierre..... — Eh bien! quoi? Pierre.....
— Mon pauvre frère est mort. Cette nouvelle fut pour moi un coup de foudre; je
me remets enfin et j'apprends que celui
auquel je m'intéresse si vivement a été
renversé par un cabriolet en portant un
fardeau, et qu'il a cessé de vivre, après
quinze jours de maladie et de souffrance.
Si vous saviez, Monsieur, ajouta le grand
savoyard, combien mon pauvre frère vous
aimait! Qu'il aurait désiré vous voir
avant de mourir! Cependant il n'a jamais osé vous faire demander; mais tenez, voici un paquet qu'il m'a chargé de

vous remettre et une lettre qu'il a fait
écrire avant-hier, la veille même de sa
mort. J'ouvre le paquet; qu'elle est ma
surprise d'y trouver une montre! C'est
celle-ci même, celle que vous avez été
si étonné de voir dans ce salon. Je
décachète la lettre, voici ce qu'elle contenait :

« Je vais mourir, mon bon Monsieur;
« vous ne pourrez plus demander à Pierre
« l'heure du jour, et Pierre ne pourra
« plus vous la dire. Si, malgré la distance
« qui fut entre nous, je suis l'objet de
« quelques regrets de votre part, croyez
« que tout mon cœur vous appartenait.
« Faites-moi donc maintenant un plaisir,
« acceptez la montre qui nous était pour
« ainsi dire commune. Elle est indigne de

« vous être offerte, je le sais, cependant
« regardez-la comme le souvenir de
« Pierre, comme le souvenir d'un homme
« dont la fin est douce, parce que sa vie
« a été bonne, et qui priera pour vous.
« Adieu, mon cher Monsieur, soyez heu-
« reux, vous méritez de l'être.

« PIERRE. »

« Cette lettre me toucha. J'offris au
frère de mon ami une indemnité de l'objet qu'il m'apportait, mais il la refusa
en disant : « Si j'acceptais quelque chose,
Pierre ne serait pas content. » Il se retira ensuite, et je vous laisse maintenant à juger si je dois tenir à cette
montre. »

Le jeune officier essuya une larme qui
s'échappait de ses yeux, et, serrant la

main du marquis de Saint-Georges, oui,
Monsieur, lui dit-il, elle doit vous être
bien précieuse.

Le Pêcheur généreux.

Non loin de la ville de Tours *, sur
les riants coteaux que la Loire baigne de
son onde légère, s'élevait la petite cabane du pêcheur Marcel. Elle lui avait
été transmise par son respectable père,
et il espérait à son tour la transmettre à
ses enfans. Aussi avec quel soin travail-

* Tours, grande, belle et jolie ville de France, ancienne capitale de la Touraine ; elle est située sous un
beau ciel, dans une plaine riante et fertile, entre la
Loire et le Cher. Elle vit naître René Rapin et l'archi-
diacre Béranger. La Touraine est, avec raison, regardée
comme le jardin de la France.

lait-il le dimanche à l'embellir. Avec quelle satisfaction plantait-il autour une vigne ou un arbre fruitier. Tous les autres jours étaient consacrés à la pêche. Dès que l'aurore commençait à dorer la colline, il prenait ses filets, montait dans une barque avec son fils, âgé de quatorze ans, et ne revenait à la maison que lorsque la nuit le forçait de suspendre ses travaux. Alors il prenait avec ses enfans le repas que lui avait préparé sa ménagère; et, après avoir remercié dieu des bienfaits de la journée, il se jetait sur une natte où il trouvait un repos que l'on ne connaît guère dans les palais. Sa femme allait le lendemain vendre à la ville le fruit du travail de la veille, et le gain suffisait non-seulement aux besoins de la famille, mais encore à soulager la misère de la veuve ou du vieillard des environs.

Il y avait derrière la cabane de Marcel une très jolie maison de campagne où l'inspecteur-général de la navigation sur le fleuve avait établi sa résidence avec sa femme et un fils unique. Les arbres de la cabane, sans intercepter au château la vue de la Loire, la masquaient dans quelques endroits. Un soir l'homme en place vint trouver le pêcheur et le somma de couper les arbres qui entouraient son ermitage. Moi les couper, répondit Marcel, c'est mon bon père qui les a plantés, ils ont été l'objet de beaucoup de soins, et maintenant qu'ils nous donnent des fruits et de l'ombrage vous exigeriez... Non, jamais ma main ne portera la hache contre eux. Eh bien! je la ferai por-

ter par d'autres, s'écria M. de Bergeville,
et avant peu votre cabane même sera détruite. — Vous ne le ferez pas, vous
n'userez pas de votre puissance pour
causer mon malheur et celui de ma famille! Que vous ai-je fait au surplus
pour que vous me menaciez de tant de ri-
gueur? — Dans votre intérêt consentez
à ce que je vous demande. — Impossible!
— Il suffit, vous entendrez parler de
moi. A ces mots l'inspecteur quitta Marcel tremblant et indigné. Sa femme et
ses enfants fondaient en larmes, mais il
les consola en leur disant qu'un homme
auquel il n'avait jamais fait de mal ne se
porterait pas à un pareil acte de violence
et que sa menace d'ailleurs ne pouvait
avoir aucun effet. Nous avons des lois,
ajouta-t-il, et elles doivent protéger le

pêcheur comme l'homme en place. Un
mois s'écoula sans qu'il entendît parler
de rien, quand un soir on lui apporta
une lettre du préfet d'Indre-et-Loire, par
laquelle on l'invitait à se transporter le
lendemain à la préfecture pour y recevoir
la somme de cinq cents francs, montant
de l'estimation de sa cabane, qui doit être
détruite comme gênant la navigation sur
la Loire. Toute la famille poussa des cris
de douleur en entendant cette lecture.
Personne ne voulut souper, et pour la
première fois le sommeil ne versa pas ses
pavots sur la cabane. A peine fait-il jour
que Marcel se transporte à la préfecture,
non pour y recevoir son argent, mais
pour y faire des réclamations. On prend
note de ce qu'il dit, et on ajoute qu'il
recevra des ordres ultérieurs. Un peu

rassuré par la justice de sa cause, il revient dans sa famille, reprend ses travaux et s'abandonne à la Providence.
L'hiver s'écoula sur ces entrefaites, et
comme le pêcheur ne recevait pas de
nouvelle injonction, il se regardait déjà
comme possesseur inamovible de la cabane de son père. Mais tout allait se
passer autrement.

Marcel revenait un soir du travail
avec son fils; et, pour charmer l'ennui
de la route, il chantait sa barcarolle
favorite, quand tout-à-coup jetant les
yeux sur le coteau où le matin encore
s'élevait son palais, il ne distingua que
celui de son voisin. Le sien, ses arbres chéris, tout avait disparu. Est-ce
une erreur de ses sens? Non, voilà bien
le fleuve, la colline, le sentier par où

l'on arrive au sommet. Il interroge son
fils qui le confirme dans son malheur.
En un instant, malgré leur fatigue, ils
franchissent la distance qui leur restait
à parcourir. Ils arrivent, et Marcel voit
bientôt, assis sur les débris de sa chaumière, sa femme et ses enfans désolés.
Ses arbres, chargés de fruit et de feuil-
lage, sont étendus par terre, et Thérèse
lui apprend en pleurant que, quelques
heures après son départ, une demi-douzaine d'ouvriers, escortés de deux gen-
darmes, sont venus tout détruire, et que
leurs effets sont transportés chez un de
leurs voisins où ils trouveront l'hospita-
lité. Le chagrin du malheureux se change
aussitôt en fureur; il se rend chez son
ennemi, et, l'apercevant à table entre sa
femme et son fils : « Être cruel, lui dit-il,

2

vous avez causé mon malheur, il est ir-
réparable, mais tremblez! quoique je ne
sois qu'un humble pêcheur je suis homme, et, comme le mal que vous m'avez
fait est grand, ma vengeance sera terrible! » Il sort à ces mots, et laisse tout le
monde saisi de crainte et d'étonnement.
La nuit vient, le malheureux se rend à
la chaumière hospitalière, et, malgré sa
douleur, il s'endort et se croit toujours
dans sa cabane chérie. Il n'en est point
de même pour M. de Bergeville, sa conduite a été cruelle, et malgré la mollesse
des coussins sur lesquels il repose, il ne
peut fermer la paupière. Ces mots du
pêcheur : ma vengeance sera terrible!
reviennent continuellement à son esprit,
et tantôt il craint de voir son ennemi pé-
nétrer avec des armes dans sa chambre,

tantôt de se voir enveloppé de flammes vengeresses. Pendant long-temps il fait observer Marcel, et on lui apprend qu'il a fait reconstruire une cabane dans le voisinage et repris ses occupations ordinaires. Ce rapport ne le rassura que faiblement.

Un beau jour d'été, le fils de M. de Bergeville, se promenant seul sur les bords de la Loire, aperçoit une petite barque retenue seulement par une corde. Il s'élance dedans, sans réflexion, détache la corde et s'éloigne joyeusement du rivage. Bientôt, intimidé, il veut le regagner; c'est en vain. Il ne peut résister au courant qui l'entraîne; il appelle du secours, mais personne ne l'entend. La barque continue de descendre le fleuve, et bientôt, ô douleur! elle est portée avec

2.

force contre un rocher où elle se brise
en mille pièces. Le malheureux jeune
homme est englouti. Tantôt il lève au-
dessus de l'eau une main faible et sup-
pliante, tantôt il reparaît tout entier;
mais il a beau se débattre, lutter contre
la mort, elle est inévitable.

Pendant ce temps, la désolation est
dans la maison du père, où l'on vient
d'apprendre ce qui est arrivé. M. de Bergeville, en proie au plus grand désespoir, promet sa fortune à celui qui pourra
sauver son fils; sa femme pousse des cris
affreux, et une agitation continuelle
règne dans la maison. D'instant en instant on va apporter la fatale nouvelle;
mais non. Par un bonheur inespéré, Marcel se trouvait, au moment de l'accident,
dans les environs. Il a vu de loin une

barque se briser contre le rocher, et le
jeune homme qui la montait disparaître
au milieu des flots. Il accourt, se jette
dans le fleuve, plonge à différentes re-
prises, et parvient à trouver et à rame-
ner à bord le jeune imprudent. Il lui
prodigue aussitôt les premiers soins, le
rappelle à la vie et reconnaît en lui le fils
de son ennemi. Son parti est bientôt pris;
il charge le jeune homme sur ses épaules,
se dirige vers la maison de M. de Bergeville, y entre, le voit plongé dans la plus
vive douleur; et, déposant avec un sen
timent de fierté son fardeau à ses pieds,
je vous l'avais bien dit, s'écria-t-il, que
tôt ou tard je me vengerais!

Remède contre le Spleen *.

Madame de Vallier possédait tous les élémens du bonheur sans être heureuse pour cela. Sa fortune ne lui procurait aucune jouissance; elle était indifférente pour son mari et pour ses enfans; elle s'ennuyait dans le monde et avait en horreur la solitude. Était-elle à la ville, elle désirait aller à la campagne; à la campagne, elle regrettait la ville. La lecture, la musique, la promenade ne pouvaient la distraire. Elle ne se levait qu'après

* On désigne par spleen cette disposition de l'âme qui nous fait prendre en dégoût la vie et ses plaisirs.

midi, et elle trouvait encore d'une lon-
gueur mortelle la partie du jour qui restait à s'écouler. Point d'appétit, point de
désirs. Son mari avait mis inutilement en
œuvre tous les moyens imaginables, et
il s'attendait au malheur de la perdre
d'un moment à l'autre. Un jour, un an-
cien ami de ses parens étant venu le voir,
et le trouvant plongé dans la douleur, lui
en demanda le motif. M. de Vallier lui fit
part de ses craintes, et le vieillard le rassura en ces termes : « Toute espérance de
guérison n'est pas perdue ; je connais ta
femme ; lancée trop jeune dans le monde,
elle l'a vu sous tant de mauvais côtés,
qu'elle ne peut plus s'y trouver heureuse.
La campagne n'a de charmes que pour
ceux qui peuvent se lever du matin, se
promener, déjeûner, lire, s'occuper, se

promener encore, et se coucher quelques
heures après un dîner frugal; ainsi Clé-
mence ne peut l'habiter sans ennui; mais
elle a un bon cœur, et je te promets de
la guérir de sa mélancolie, si tu veux me
laisser, pendant un mois seulement,
maître d'agir comme je l'entendrai.» M. de
Vallier accepta avec reconnaissance la
proposition du baron de Saint-Roman,
et le lendemain même fut fixé pour com-
mencer l'épreuve. Le vieillard vint donc
déjeûner; et, deux heures après, s'adressant à madame de Vallier; «Madame, lui
dit-il, le tems est magnifique! je vais
aller faire un tour au bois de Boulogne;
voulez-vous prendre place dans ma voiture? Volontiers, reprit la jeune dame,
et l'on partit. Arrivés en un instant à la
barrière de l'Étoile, M. de Saint-Roman

3

proposa de descendre et de faire quelques
pas. Comme ils mettaient pied à terre,
un homme courbé sous le poids des ans
et de la misère s'approcha d'eux et demanda l'aumône. Madame de Vallier ne
daignait pas le regarder, quand le Baron
élevant la voix à dessein, retirez-vous,
s'écria-t-il, on ne voit que des gueux de
votre espèce qui fatiguent les honnêtes
gens ou cherchent à les voler. Le malheureux se retirait avec un sentiment de
douleur, quand la jeune femme courant
le joindre ; pardon, lui dit-elle, bon vieillard, Monsieur n'a pas eu l'intention de
vous affliger. En même tems elle tira
de sa bourse une pièce de vingt francs et
la lui remit dans la main. Les deux Parisiens se promenèrent ensuite à pied
pendant une heure, et, comme ils rega-

gnaient leur voiture, le même homme
les aborda de nouveau. Vous êtes d'une
importunité sans exemple, s'écria encore
M. de Saint-Roman, on ne peut rien
pour vous! Monsieur, répliqua le malheureux, je venais seulement remettre à
Madame une pièce d'or qu'elle n'a pas
sans doute eu l'intention de me donner.
Si, brave homme, reprit soudain celle-
ci, et, pour vous récompenser de votre
probité, en voilà une seconde. On se sépara et l'on revint à la ville. Pendant le
dîner, que l'on servit bientôt après, madame de Vallier raconta à son mari ce
qui venait de se passer. Elle mit tant de
feu dans son récit, que dès cet instant
M. de Saint-Roman la jugea sauvée.
L'exercice qu'elle avait pris avait excité
chez elle de l'appétit, aussi mangea-t-elle

3.

plus qu'à l'ordinaire. Le lendemain matin le Baron vint encore déjeûner chez
son ami, et comme il avait lu dans un
journal que sur la route de Fontainebleau* la maison d'un malheureux cul-
tivateur était devenue la proie des flammes, il résolut de conduire de ce côté la
jeune hypocondre. Celle-ci accepta, et
l'on partit. Arrivés au lieu de l'incendie,
nos deux Parisiens aperçoivent d'abord
un groupe de paysans; bientôt des cris
de désespoir se font entendre. M. de
Saint-Roman ordonne d'arrêter et demande ce qui est arrivé. On lui répond

---

* Fontainebleau, bourg de l'Ile-de-France, dans le
Gâtinais, à dix-huit lieues de Paris. Il est remarquable
par le beau château qu'y ont les rois de France, et par
la forêt de 30,000 arpents, attenante au château où ils
vont chasser. Henri III y naquit l'an 1502.

que cette nuit le feu a consumé la demeure d'un père de cinq enfans et qu'on
n'a pu rien sauver de ce qu'il possédait.
« Descendons, s'écria soudain madame de
Vallier; ils descendent, approchent et
distinguent bientôt un malheureux accablé de douleur, une femme noyée dans
les larmes, et cinq enfans à demi-nus et
dévorant un morceau de pain que leur
ont donné les voisins. Madame de Vallier
est émue, elle demande à son compagnon de promenade tout l'argent qu'il a
sur lui, le joint à celui qu'elle possède,
et remet au plus jeune des enfans une
bourse contenant vingt-cinq louis. Celui-
ci va la porter à son père en lui montrant la dame qui la lui a donnée, mais
le père croit que c'est un songe. Il se lève, retombe sur son siège, et laisse

échapper l'occasion de témoigner sa reconnaissance. Nos deux voyageurs remontent précipitamment en voiture, escortés de paysans qui les comblent de
bénédictions, et ils reviennent à Paris.
Cependant le Baron a eu soin de remettre l'adresse de madame de Vallier à l'un
d'eux, et il espère beaucoup pour la
jeune malade de cet évènement. En effet,
à peine arrivée à Paris elle éprouve une
jouissance inconnue depuis long-temps;
elle embrasse son mari, ses enfans, et
sent qu'il est encore des plaisirs pour
elle dans la vie. Après le dîner elle se
mit un instant au forté; elle chanta, et
la soirée s'écoula sans ennui. Son sommeil fut doux et prolongé. Le lendemain
à peine quelques personnes étaient-elles
levées dans la maison, que cinq enfans

proprement vêtus, une femme de campagne et son mari se présentèrent et de-
mandèrent à voir madame de Vallier.
La femme de chambre, d'après les ordres
du Baron, les introduisit sans bruit dans
la chambre de sa maîtresse, qui se ré-
veilla quelque temps après. Quel est son
étonnement en ouvrant les yeux de voir
aux pieds de son lit les malheureux in-
cendiés de la veille! Le mari veut parler,
mais il ne peut que balbutier les mots de
reconnaissance, de bienfait, de dévouement. Il prend la main de sa bienfaitrice
et la baigne de pleurs. Sa femme l'imite,
et les enfans à genoux semblent adresser à Dieu la plus fervente prière. La
jeune hypocondre est touchée, ses yeux
se remplissent de larmes, et ces mots :
Que je suis heureuse! s'échappent pres-

que malgré elle de sa bouche. Les incen-
diés se retirèrent et leur bienfaitrice at-
tendit l'arrivée de son compagnon de
voyage avec impatience. Il vint enfin et
parut étonné d'apprendre ce qui s'était
passé. Madame, dit-il, après le déjeûner,
nous irons voir aujourd'hui, si vous le
voulez, un bon curé d'un village près
Montmorency *; c'est un brave homme de
ma connaissance intime qui nous recevra
bien. Madame de Vallier, qui commençait à se plaire dans la société du Baron
y consentit, et l'on arriva au presbytère.
Le pasteur accueillit parfaitement les

* Village distant de quatre lieues de Paris, dans une
charmante position. C'est près de là, à Ermenonville,
que fut enterré J.-J. Rousseau, et Grétry vint plus tard
vivre et mourir à l'Ermitage, maison de campagne
voisine, où avait vécu et où était mort le philosophe.

deux étrangers; mais bientôt, ordonnant
à sa gouvernante de tirer un bouillon de
son pot, et mettant dans chacune de ses
poches, une bouteille de vin et du sucre,
il demanda aux Parisiens la permission
de les quitter un instant.

Ah! dit la vieille gouvernante, quand
il fut sorti, ah! quel homme que mon
maître! Croiriez-vous bien, Monsieur et
Madame, qu'il vous laisse là pour aller
porter du vin à un vieillard malade qui
demeure à côté de nous; encore s'il ne
s'occupait que des catholiques, mais non,
les protestans le mettent à contribution
comme les' autres. Quant au bouillon,
c'est pour une jeune femme qui vient
d'accoucher de son troisième enfant, et
que son mari a laissée là pour aller courir
je ne sais où.

Marguerite aurait causé davantage,
mais M. le Curé arriva. Que je souffre,
s'écria-t-il en entrant, de n'être pas riche!
N'importe, rien ne manquera à l'accou-
chée ni à son fils; je vais écrire ce soir
au père, je lui représenterai l'indignité
de sa conduite, et je le ramènerai par la
douceur à son devoir. Je chercherai ensuite parmi mes paroissiens un parrain
à l'enfant. Ce n'est pas un homme du
monde qu'il me faut, c'est un être bienfaisant qui puisse soulager la mère et tenir lieu au fils du père qui l'a abandonné
si jeune. Eh! mais parbleu, mon cher
Saint-Roman, vous êtes mon homme!
c'est la Providence qui vous envoie ici, et
vous accepterez, n'est-ce pas? — Oui,
répliqua soudain madame de Vallier, et
j'en serai la marraine. — Ah! Madame,

s'écria le Baron, en embrassant sa future commère, vous êtes donc enfin rendue au bonheur! continuez à être bienfaisante, et croyez que chaque bonne action vous attachera de plus en plus à votre époux, à vos enfans et à la vie.

Les deux Amis.

GUSTAVE et Victor étaient tous les deux de Nevers *. Ils avaient fait leurs études dans le même collège, et, par un

---

* Nevers, ville ancienne, riche et commerçante, bâtie en amphithéâtre, sur les bords de la Loire. Le pont qui traverse le fleuve serait très beau s'il n'était pas moitié en pierre et moitié en bois. Une grande levée qui sépare la Nièvre de la Loire donne à Nevers un aspect magnifique, du côté de Moulins. Il y a une belle fonderie de canons; et, à deux lieues de là, à Guerigny, un superbe établissement où se forgent des ancres de marine. Cette ancienne capitale du Nivernais fut la patrie de Maître-Adam, menuisier, et de Mirabeau.

hasard très heureux, ils occupaient tous
les deux une place à Paris; le premier
au ministère des finances, le second, chez
un agent de change. Ces jeunes amis se
voyaient tous les jours; tous les jours ils
parlaient de leur pays, de leurs parens,
de leur enfance, de leurs espiégleries d'é-
coliers, et c'étaient pour eux un bonheur. Que Paris est séduisant! disait
l'un; cependant j'aimerais encore mieux
habiter Nevers avec toi; j'y vivrais tout
à l'amitié. Nous nous y retirerons un
jour, répondait l'autre, dans cette chère
patrie, et alors nous nous plairons à parler de Paris. Pendant l'été, nos deux jeunes gens allait se promener ensemble
tantôt au jardin des Tuileries, tantôt aux
Champs-Élysées, au Luxembourg, et ils
se retrouvaient l'hiver dans la société,

aux spectacles, aux bals, aux concerts.
L'un ne se procurait pas un plaisir sans
l'autre, puisque sans son ami ce n'eût
plus été un plaisir. Heureuse amitié, tes
liens seuls sont toujours tissus de fleurs !

Un jour que Gustave attendait Victor
à la promenade, et que celui-ci n'arri-
vait pas, il aperçut une jeune demoiselle
de dix-sept à dix-huit ans, rayonnante
de beauté, et donnant le bras à sa mère
qui paraissait malade. Leur mise était
simple et leur abord très honnête. Gustave se plaisait à les suivre des yeux, mais
bientôt les voyant disposées à monter un
escalier pour retourner chez elles, il
courut offrir son bras que l'on accepta
avec reconnaissance. La mère était trop
faible, sa fille trop belle pour que Gustave ne les reconduisît pas galamment

jusqu'à leur maison. Avec qu'elle peine,
hélas! il les vit s'arrêter rue Neuve-Saint-
Roch, frapper à une porte d'allée, et le
quitter après l'avoir remercié de son extrême complaisance. Quand la porte re-
tomba sur les dames, le cœur de Gustave
fut saisi, car l'amour y avait déjà pris
place. Il examine de suite la maison, interroge les voisins, et apprend avec la
plus grande joie que la jeune personne
n'est pas mariée, qu'elle est sage, et que
son travail, joint à une modeste pension
que possède madame Duras, sa mère,
les fait exister décemment. Ces détails
suffisent à Gustave; il revole joindre son
ami qui l'attendait à son tour avec impatience. J'étais inquiet, lui dit aussitôt
celui-ci, mais je te vois, je ne t'en veux
plus. On se serra la main, et cependant,

soit crainte de railleries ou de conseils,
Gustave garda le silence sur ce qui venait de lui arriver; il eut pour la première fois un secret pour Victor. A peine
de retour chez lui, il prend du papier,
une plume, et demande Sophie en mariage à madame Duras. La lettre part, et
il reçoit le lendemain la permission de se
présenter. Monsieur, lui dit madame
Duras aussitôt qu'il entra, j'aime ma fille
par-dessus tout, le seul désir de mon
cœur est de la voir heureuse, et je crois
que vous pouvez faire son bonheur. Je
suis loin de rechercher pour elle les richesses, les grandeurs; mais je veux au
moins qu'elle puisse vivre. Vous m'ap-
prenez que depuis quelques années vous
occupez une place dont les émolumens
sont de deux mille quatre cents francs,

4

c'est de quoi se procurer le strict néces-
saire, dans un ménage où une jeune famille arrive bientôt, ainsi donc combien
avez vous économisé pendant le temps
que vous avez vécu seul sur vos appointemens? Gustave rougit, balbutia... Pardon, continua madame Duras, pardon
si je vous fais de pareilles questions,
mais j'ai été si malheureuse moi - même
en ménage, j'ai vu ma fortune se dissiper
avec tant de profusion que je suis là-des-
sus d'une crainte peut-être exagérée. Le
jeune homme avoua qu'il avait dépensé
chaque année le fruit de son travail. Eh
bien! reprit encore la mère de Sophie,
je suis indulgente envers la jeunesse, et
je vais vous soumettre à une épreuve.
— Je la subirai quelle qu'elle soit! le
fer, le feu. — Il ne s'agit ni de fer ni de

feu, écoutez-moi. Vous avez deux mille quatre cents francs d'appointements, économisez mille francs, et sitôt qu'après m'avoir juré que vous ne devez rien à personne, vous serez possesseur de cette somme, je vous donne ma fille. En attendant, venez nous voir quelquefois. Gustave accepta avec enthousiasme la proposition et promit de prouver son amour par ses économies. N'allez pas non plus, lui dit encore madame Duras, passer d'une extrémité à l'autre; ne vous refusez rien des choses indispensables à la santé, à l'existence, car nous ne vous en saurions aucun gré. L'on se sépara l'un avec la joie dans le cœur, la mère avec l'espérance d'assurer la félicité de sa fille. Quelque temps s'écoula, pendant lequel Gustave alla tous les jours voir sa

4.

future épouse, et, par cette raison, il né-
gligea son ami. Victor s'en aperçut et lui
en témoigna sa surprise. Qu'as-tu, lui
disait-il souvent? tu n'es plus à mon
égard le même qu'autrefois; tu parais
inquiet, tu souffres peut-être, et tu me
caches tes peines, ne me crois-tu donc
plus digne de les partager? Si, répondait
Gustave, si, mon ami; rassure-toi sur
ma position, je suis heureux, et avant
peu j'espère encore l'être davantage, tu
sauras tout plus tard. Le pauvre Victor
n'était guère rassuré par ces démonstra-
tions. S'il invitait son ami à prendre du
café ou une glace, celui-ci refusait toujours. Lui parlait-il de concerts, de spectacles : Ils coûtent de l'argent, reprenait
Gustave, et, comme je veux me monter
une bibliothèque, j'ai renoncé à toute

dépense inutile. Victor n'osait combattre cette résolution, mais de tems en tems il achetait le matin des billets, et il en faisait accepter un à son ami en lui disant qu'ils lui avaient été donnés par les auteurs mêmes. Gustave se rendait au spectacle, mais on lisait dans ses yeux qu'une autre pensée l'agitait fortement et dominait son cœur. Plusieurs mois s'écoulèrent, pendant lesquels nos deux compatriotes se virent moins fréquemment. Victor en fit un nouveau reproche à son ami. Tu ne m'aimes plus, lui dit-il encore, tu n'accours plus avec plaisir à nos rendez-vous. Je suis souvent deux ou trois jours sans te voir et c'est trop pour mon cœur. Hier même je t'ai attendu long-tems, bien long-tems et tu n'es pas venu. Gustave embrassait son ami et

promettait d'être plus exact dorénavant,
mais l'amour lui faisait oublier la promesse faite à l'amitié. L'autre jeune
homme croyant enfin distinguer une hu-
miliation dans cette réserve et ce peu
d'empressement, cessa de faire des avan-
ces, et nos deux Nivernais interrompi-
rent leurs relations.

Conduit par une malheureuse fatalité,
Victor, chagrin, ennuyé, ne sachant
comment passer ses soirées, entra un jour
dans une de ces maisons où, avec l'espérance de gagner de l'or, on perd celui
que l'on possède, on ruine sa santé et
l'on forfait à l'honneur, et Victor devint
joueur. Tout ce qu'il gagne est porté
dans les tripots, et il n'aspire plus qu'au
moment d'être libre pour aller s'asseoir
au tour de ce tapis vert où il se forme

en une seconde vingt espérances qui se *
changent presque aussitôt en vingt regrets. Non seulement ses appointemens
ne lui suffisent plus, mais ils sont perdus
d'avance; il emprunte, joue et augmente
de plus en plus son malheur. Hélas! qu'il
allait être terrible!

Un jour l'agent de change chez qui il
travaillait, le chargea d'aller porter, dans
le faubourg Saint-Germain, un billet de
mille francs à un rentier dont il faisait
les affaires. Victor mit le billet dans son
porte-feuille, et courut s'acquitter d'une
commission qu'il avait souvent faite avec
plaisir. Arrivé à la porte du rentier,
comme il allait lever le marteau et frapper, une malheureuse réflexion l'arrêta :
il a mille francs en main, avec mille
francs il peut gagner non seulement tout

l'argent qu'il a perdu, mais une somme
considérable. Alors il ne jouera plus, il
vivra tranquille.... oui, allons tenter encore la fortune! Plein de cette idée, il
revient sur ses pas, gagne la rue Dau-
phine, et s'élance dans l'antre où il doit
perdre l'honneur. En un instant, le billet
est changé, un louis est sur la table, et le
sort l'adjuge au banquier. Arrête, bon
jeune homme! arrête! il en est tems
encore; pense à ta famille, à toi-même!...
mais non, la passion l'emporte, il continue et parvient à gagner cinquante
écus. Oh! arrête Victor! crains maintenant la fortune qui semble te favoriser
pour causer plus inévitablement ta perte.
En effet la chance tourne, le gain du
jeune homme disparaît, et peu à peu l'or
qu'il a en main. Victor est agité, la fiè-

vre brûle son sang; il lutte quelque tems
contre le sort, mais toujours sans succès.
Il compte enfin ce qu'il possède encore :
onze louis! hors de lui, il en change un,
met de côté une pièce de cent sous, et
jette le reste sur le tapis. C'en est fait!
Victor est perdu, sa ruine est consom-
mée. Alors, mais trop tard, hélas! il se
traîne hors de l'antre fatal. Les yeux
égarés, les cheveux en désordre, il
entre chez un armurier, achète, avec
la pièce de cinq francs qui lui reste,
un pistolet, et prend la résolution de
s'ôter la vie. Cependant il attend la
nuit pour mieux exécuter son dessein,
et la nuit vient enfin selon ses désirs.
Déjà toutes ses précautions étaient prises, l'arme était chargée, portée contre
son front, quand le souvenir de Gustave

revint à sa mémoire. Gustave! Gustave!
s'écrie-t-il, tu as causé mon malheur, et
cependant je t'aime encore; oui, je t'aime
et je sens que je n'aurai pas le courage de
mourir avant de te voir. Quand tu iras
à Nevers, tu consoleras mon père, tu
embrasseras ma tendre mère, et elle
croira embrasser encore son fils. Si tu
apprends ce qui m'est arrivé, cache-le
leur bien, tu les verrais mourir de douleur. Il dit et se traîne chez son ami qui
alors écrivait à ses parens pour leur demander leur consentement au mariage
qui doit assurer sa félicité. Il était rayon-
nant de joie; mais que Victor est changé!
Gustave a peine à le reconnaître. Sa figure est pâle, son front sillonné, ses
cheveux, ses vêtemens en désordre, et
bientôt le malheureux, ne pouvant plus

se soutenir, tombe sur le carreau. —
Qu'as-tu? cher Victor, parle! — Tu ne
le sauras jamais, tu ne dois pas le savoir.
— Dans quel état te revois-je! que t'est-
il arrivé? au nom de notre ancienne
amitié, des souvenirs de notre enfance,
au nom de ta mère enfin, je te conjure,
je te somme de me le dire! — Tu le
veux, cruel ami, eh bien! j'ai forfait à
l'honneur, et je viens te voir pour la
dernière fois. — La dernière fois! —
Oui, écoute! Aussitôt il explique ce qui
s'est passé. Que je suis heureux, ô mon
ami, s'écrie soudain Gustave, j'ai presque cette somme à ton service! non, tu
ne mourras pas, rien ne sera découvert;
voilà d'abord neuf cents francs! En même
temps, il tire de son secrétaire un sac contenant cette somme, et il le remet au mal-

5.

heureux jeune homme. Tu te rappelles,
ajouta-t-il, que je t'ai parlé d'économies
pour me former une bibliothèque; eh
bien! la bibliothèque sera ajournée, le mal
n'est pas grand, rien ne presse. Victor
refuse d'abord cette offre généreuse, mais
elle doit sauver son honneur, et Gustave,
d'ailleurs, le menace de son inimitié s'il
n'accepte pas. Prends ma montre, ajoute
encore ce dernier, vends-la pour com-
pléter les maudits mille francs, et qu'ils
soient sans retard portés à leur desti-
nation. Je t'attends demain à déjeûner. A peine le malheureux Victor fut-
il sorti que Gustave déchira la lettre
qu'il écrivait à ses parens, et en adressa
une autre, ainsi conçue, à madame
Duras :

« Madame,

« Je n'aurai plus l'honneur de vous
« voir. Toutes mes espérances de féli-
« cité sont détruites, et probablement
« pour jamais, car je n'ai pu accomplir
« la promesse que je vous avais faite
« d'économiser une somme de mille
« francs.

« Hier encore, je vous entretenais
« de mon amour pour votre demoiselle ;
« je vous parlais de mon mariage, de
« mes petites épargnes, parce que hier
« encore, je pouvais le faire sans vous
« tromper. Aujourd'hui il ne me reste
« rien que mon amour pour Sophie et
« mon attachement pour vous.

« Croyez, Madame, que je suis loin de
« chercher des prétextes, et que je don-

« nerais ma vie pour que vous soyez tou-
« tes les deux aussi heureuses que vous
« le méritez. »

La lettre partit, et Gustave alla se livrer au sommeil sans regretter ce qu'il
venait de faire. De son côté, Victor courut vendre la montre, et porter chez le
rentier l'argent qui lui était destiné. Il
rentra ensuite chez lui, et le jour le sur-
prit dans de cruelles réflexions. Il lui
faut cependant aller chez Gustave, le re-
mercier encore, il s'y rend. Oublions,
lui dit celui-ci, en l'embrassant aussitôt
qu'il entra, ce qui s'est passé hier, et ne
cessons plus de nous voir. Le mal est ré-
paré, ce n'est plus un mal, c'est une leçon pour nous deux. Victor ne pouvait
se consoler, quand on sonna à la porte;

il alla ouvrir lui-même par distraction.
C'était une dame d'un certain âge qui
désirait parler à M. Gustave. Ce dernier
se présente, et reconnaît la sœur de madame Duras. Ah! Monsieur, lui dit celle-
ci, qu'avez-vous fait? Votre lettre a porté
la désolation dans ma famille; ma nièce,
est dans un état qui fait craindre pour
ses jours; elle veut vous voir, vous ap-
pèle à grands cris, et conjure sa mère de
vous envoyer chercher. Venez, venez,
puisque vous n'avez pu économiser les
mille francs que ma sœur exigeait, elle
ne vous en parlera plus, et elle consen-
tira à votre mariage. A ces mots d'économies, de mille francs, Victor fut frappé
comme d'un coup de foudre; il se jeta
aux pieds de Gustave, et, malgré cet ami
généreux, raconta à la dame ce qui s'é-

tait passé la veille. Celle-ci s'empressa de
le dire à madame Duras, qui vint elle-
même avec sa fille embrasser son gendre
futur et le féliciter de son bon cœur.
Quelques jours après, le mariage fut cé-
lébré, et Victor, guéri de la passion du
jeu, ne se sépara plus de son ami.

L'Esclave Africain.

Adieu, brûlant soleil du jour, adieu, doux soleil de la nuit! moi ne plus vous voir; moi ne plus embrasser Mica, ni le bien-aimé Micel, mon fils. Adieu, ma case chérie; moi ne plus monter sur les grands cocotiers qui t'environnent, ni cueillir des bananes pour Mica! Adieu la grande rivière, moi ne plus me baigner dans ton onde, Mico ne plus être heureux! Dormez, mes flèches, dors, mon arc, moi ne plus aller faire la guerre aux lions et aux tigres de la montagne! Les cruels blancs emmènent moi bien loin, bien loin, pour me faire travailler beaucoup, mais moi ne pas manger, moi mourir!

Ainsi parlait, dans la cale d'un bâtiment négrier qui venait de quitter les côtes de Guinée*, un de ces malheureux africains, que tous les ans des hommes cruels enlèvent à leur patrie, à leur famille, à leurs affections, et jettent sur

---

* Vaste contrée d'Afrique, entre la Nigritie au nord, l'Ethiopie à l'orient et la Cafrerie au midi. Elle fut, dit-on, découverte par les Dieppois en 1364, sous Charles V. Plus tard, les Anglais y ayant trouvé de l'or, avec lequel ils firent des guinées, monnaie de leur pays, donnèrent ce nom à la contrée. Les naturels sont très noirs et presque tous idolâtres. Ils sont soumis à une multitude de despotes perpétuellement en guerre entre eux, et qui cèdent aux Européens, moyennant quelques objets de fabrique, le droit d'enlever à main armée leurs sujets pour aller les vendre au loin comme esclaves.

une terre étrangère où ils les vendent comme des bêtes de somme à des maîtres avides et barbares. Sur deux cents qui avaient été embarqués depuis cinq jours, trente-quatre étaient déjà morts de souffrance et de misère, et le même sort attendait les autres pour peu que la traversée se prolongeât. Nuds, couchés côte à côte sur le bois du navire, à une distance seulement d'un pied, privés d'air vital, n'ayant qu'un morceau de pain à dévorer, ils accusaient leur dieu de cruauté, et se demandaient s'ils n'étaient pas hommes comme leurs persécuteurs. O mon pauvre père, disait l'un, mes yeux ne te verront plus! Adieu, mes enfans, disait l'autre, vous mourir comme les petits oiseaux à qui l'on enlève leur père! O Mica, ma bien-aimée, s'écriait

encore Mico, moi étais si heureux près
de toi, et maintenant moi tant souffrir!
Tu dormais, Mica, quand les blancs ont
entouré notre case et ont saisi moi. Que
ton réveil a été terrible! Cinq grands so-
leils et cinq petits ont brillé depuis dans
le ciel, mais encore quelques-uns, et moi
ne plus vivre. Des gardiens armés de
bâtons firent taire toutes ces plaintes
arrachées par la douleur, et le négrier
continua de descendre le Rio-Sierra-
Leone*, à la faveur des ténèbres. Le vent
même semblait le servir et seconder le
crime. Plus d'espoir de liberté aux malheureux esclaves. Cependant, dès que
le jour parut, le pilote déclara qu'il

---

* C'est-à-dire la rivière de la Montagne-des-Lions,
ainsi nommée parce que la côte qu'elle arrose est couverte de ces animaux.

aperçevait un bâtiment dans le lointain.
Pavillons blancs ! s'écrie-t-il , France !
Aussitôt la terreur se répand dans l'équi-
page; soldats et matelots abandonnent
les tables de jeu et de débauche; on cherche à fuir, à gagner la pleine mer à
force de rames, mais en vain. Le vent
triomphe des efforts communs, et il faudra ou se rendre ou combattre. Bientôt
un coup de canon, parti du bâtiment
français, fut pour le négrier une sommation de venir à bord; il refuse. Aux
armes! s'écrie même le capitaine à moitié ivre, ne nous rendons pas, ô mes
amis; vendons cher notre vie! nous n'a-
vous pas de grace à espérer, et notre salut est dans notre seul courage. Il dit,
range sur le tillac quelques brigands dé-
terminés, et ordonne qu'on réponde à

la sommation qui vient d'être faite par
un autre coup de canon. On avance de
part et d'autre et le combat s'engage. La
première bordée du bâtiment français n'a
aucun résultat heureux, mais la seconde
coupe le grand mât du négrier, et fait
une ouverture dans ses sabords. Celui-ci,
trop faible pour riposter, est déjà dans
l'impossibilité de manœuvrer. Il tourne
sur lui-même et ne peut plus faire usage
de ses quatre pièces de canon. Les français avancent sans retard à l'abordage;
d'un côté l'on combat pour l'honneur,
pour l'humanité; de l'autre par intérêt
et par crainte d'un juste châtiment. L'affaire est quelque tems douteuse, mais
le capitaine négrier reçoit une balle dans
la poitrine, et tombe baigné dans son
sang. A cette vue une partie des soldats

met bas les armes, une autre se jette
dans le fleuve, et cherche à gagner le rivage en nageant; plusieurs se sauvent
dans la cale du bâtiment et y attendent
la peine de leur crime. Les vainqueurs
les joignent, délivrent les malheureux
nègres et chargent leurs bourreaux des
fers qu'ils viennent de leur ôter. Pendant
le combat, aucun des captifs n'avait
donné de signes de crainte, d'étonnement ou d'espérance. Ils croyaient tous
que c'était leur mort, ou plutôt la fin de
leurs peines, qui leur était annoncée par le
tonnerre, et ils l'attendaient. Que devin-
rent-ils quand le capitaine français se présentant à eux leur dit avec bonté : Vous
êtes libres! Le roi de France, mon maître,
connaissant vos dangers, nous a envoyés
vous délivrer et punir vos persécuteurs.

Retournez dans vos familles, près de vos
femmes, de vos enfans, et quand vous
prierez votre dieu, priez-le pour le roi
qui a brisé vos fers. Les malheureux africains se jettent aux pieds de leurs libé-
rateurs et leur expriment par des gestes,
que si la nature leur a donné une couleur
différente, leurs cœurs ne sont pas inac-
cessibles au sentiment de la reconnaissance. Ils se lèvent bientôt, et après avoir
reçu des vivres pour quelques jours, ils
s'embrassent et regagnent leurs chau-
mières par des chemins différens. Mico
déjà est en marche; il ne prend de repos
ni le jour, ni la nuit; il brûle d'arriver
près de sa bien-aimée et de son cher petit
Micel; il gravit les montagnes, passe les
torrens à la nage, et distingue enfin de
loin les grands cocotiers et les bananiers

qui ombragent sa cabane. A cette vue
son ardeur augmente encore; il va revoir ce qu'il aime, il va retrouver le
bonheur!

Pendant ce temps la triste Mica allaitait son fils. Ses yeux ne versaient plus
de larmes, ils étaient secs et creusés par
la douleur. O Mico! s'écriait-elle à chaque heure de la journée, ne reverrai-je
plus toi? O mon fils, ne reverras-tu plus
ton père? Cruels blancs, où l'avez-vous
conduit? Pourquoi n'avoir pas mené moi
avec lui? Je l'aurais consolé, j'aurais
partagé les travaux de lui, ou nous nous
serions endormis ensemble et pour toujours dans les bras du grand dieu! O
mon petit Micel, ne reverrons-nous plus
ton père? Elle parlait encore, quand
Mico arriva haletant et hors de lui. Il

entre dans sa case ; et, couvert de sueur
et de poussière, il se jette dans les bras
de sa bien-aimée. Celle-ci n'en peut
croire ses yeux ; elle pense être trompée
par un songe, mais les accens de Mico
frappent bien son oreille ; elle le presse
bien sur son cœur. Comme il bat aussi
fortement celui de ce cher ami ! D'une
main elle essuie la sueur qui baigne son
front, de l'autre elle lui présente son fils
qui semble aussi le reconnaître. Oui,
voilà moi ! s'écrie enfin le malheureux.
Oui, Mica, voilà ton époux ! Apprends
ce qui est arrivé : trois fois et deux fois
le grand soleil et le doux soleil entouré
de ses enfans avaient brillé là-haut pendant lesquels mes yeux ne s'étaient pas
fermés ; je ne mangeais rien, et je priais
Tchnou de m'envoyer secourir ou de me

donner la mort. Tchnou m'a entendu, son tonnerre a grondé, et bientôt ses mille serviteurs ont paru devant nous. Ils étaient tous couverts d'or et d'argent. Ils avaient tous de petits tonnerres dans une main, et dans l'autre de grands couteaux. Nous nous attendions à mourir, quand le chef d'eux a parlé ainsi : Vous êtes libres, bons Africains, le roi de la France, mon maître, a envoyé nous briser vos fers et punir vos bourreaux. Retournez dans vos familles, près de vos femmes, de vos enfans, et quand vous prierez votre dieu, priez-le pour le roi de la France. Mico n'en put dire davantage; il se prosterna, ainsi que sa bien-aimée, la face contre terre, et il pria Tchnou.

6.

Le Chien du Pauvre.

A l'âge de vingt-six ans Florval se trouvait possesseur d'une fortune considérable que ses parens avaient acquise dans
le commerce, et qu'il dissipait de jour
en jour. Sa maison était le rendez-vous
de quantité de jeunes gens sans occupa-
tion, de baladins et de mauvais sujets de
bon ton, qui l'appelaient leur ami, et qui
le ruinaient scandaleusement. Des femmes prétendues à la mode venaient se
joindre à eux, et par elles les jeux, les
concerts et les bals succédaient aux festins. Le jeune imprudent se faisait gloire

de ses dépenses, et semblait n'aspirer qu'à
conserver la réputation d'homme aimable que lui établissaient tous ces parasi-
tes. Chez Florval l'on veillait la nuit, et
pour lui le jour ne commençait qu'à midi.
Alors, après avoir déjeûné, il faisait une
première toilette, et, montant ensuite à
cheval ou en cabriolet, il se rendait au
bois faire admirer sa grâce ou plutôt sa
fatuité.

　.. Un jour qu'ayant à ses côtés une dame
à la mode, il faisait rouler, avec la rapi-
dité de l'éclair, un tilbury sur la route de
Boulogne, son char passa près d'un pauvre aveugle et le couvrit de boue. Le
chien du malheureux, qui était en avant,
tenant à la gueule une petite sébille de
bois, destinée à recevoir les aumônes,
fut non-seulement renversé, mais le char

lui passa sur le corps et il expira. L'aveugle se lamentait, quand un rire cruel, parti du tilbury, vint ajouter encore à sa douleur, et lui fit poursuivre le jeune homme de ces tristes paroles : Qui que tu sois, être inhumain, qui viens de me priver du seul ami que j'avais sur la terre, crains le châtiment de ton insensibilité! Comme toi je fus jeune et riche, comme toi j'ai fait voler un char sur cette même route où maintenant je demande l'aumône, mais si alors j'avais écrasé le chien d'un aveugle, j'aurais par pitié écrasé le maître avec lui. Je ne prierai pas le ciel de te punir, malgré le mal que tu m'as fait, malgré le rire poignant que j'ai entendu, la vengeance est indigne de mon cœur, mais puisses-tu sentir un jour de quel prix est un chien pour un malheu-

reux! Que vais-je maintenant devenir
sans mon pauvre Fidèle? Qui me recon-
duira ce soir dans ma cabane? Qui me
plaindra? Personne; je vais me trouver
seul dans la nature! Un passant qui entendit les plaintes de l'aveugle en fut
touché, et s'offrit de le reconduire chez
lui, mais celui-ci n'accepta qu'après avoir
chargé son ami sur ses épaules. Quelques
jours après l'infortuné cessa de pleurer
son chien, il mourut.

De son côté, Florval avait continué
sa route et était rentré pour dîner avec
sa compagne. Ses amis déjà l'attendaient,
et plusieurs verres de Champagne le mi
rent hors d'état de réfléchir le soir sur sa
conduite. Il ne vit le lendemain dans ce
qui était arrivé qu'un évènement malheureux, mais ordinaire, et il n'y pensa plus.

Cependant, sans ordre, sans écono-
mie, la plus brillante fortune s'anéantit.
Florval éprouva des pertes considérables
à la bourse; il prêta de l'argent qui ne
lui fut jamais rendu. On jouait chez lui
gros jeu à l'écarté, et soit malheur, soit
habilité ou autre chose de la part de ses
adversaires, il perdait toujours. Un autre que lui aurait diminué ses dépenses,
changé son train de vie, Florval n'en fit
rien; il emprunta même bientôt pour
pouvoir les soutenir, et il engagea l'hôtel qu'il occupait dans la Chaussée-d'An-
tin. Quoique riche encore, il voulut le
paraître davantage. D'ailleurs que dirait-
on de lui dans la capitale s'il renonçait
au monde à son âge? Avant trente ans,
au moment où il n'avait qu'à parler pour
obtenir la main de vingt héritières opu-

7

lentes? Car faire des réformes eût été r
noncer au monde, et quel scandale! L
jeune imprudent continua quelques ar
nées encore ses prodigalités, mais enfi
il ne put y tenir, et il vit son hôtel pa
ser dans des mains étrangères. Il lou
donc dans le voisinage un autre appa
tement digne néanmoins de recevoir se
nombreuses connaissances, mais il n
vint personne; Florval ne pouvait plı
donner ni festins, ni concerts, ni fête
Déjà quelques réflexions le fatiguaiei
en lui faisant comme pressentir sa trisl
destinée; déjà il se repentait de ses prc
digalités, des moyens qu'il avait inutil
ment mis en usage pour trouver le boı
heur, il n'était plus temps. Une dernièr
perte d'argent placé le contraignit
changer encore de domicile, à vendr

son cheval et à renvoyer son dernier
domestique.

Ne le suivons pas dans un ou deux
appartemens où il séjourna encore quelques mois, mais transportons nous dans
le galetas où il est enfin contraint de
se réfugier. Quatre murailles, noircies
par le temps, en forment le pourtour ;
une lucarne ouverte sur le toit n'y donne
qu'un triste accès à la lumière ; un lit
délabré, une chaise et une cruche en
sont les seuls meubles, et là, personne
pour le plaindre, pour faire arriver
l'espérance dans son cœur. Mais que
dis-je? Si, un ami, un véritable ami
est près de lui. Pendant sa prospérité
Florval avait un chien dont il ne s'occupait pas. Si l'animal, le voyant entrer,
s'avançait pour le caresser, son maître

7.

l'éloignait souvent ou d'un coup de pied,
ou d'un coup de cravache. Un jour même,
pour avoir sali la robe d'une dame, Azor
fut si brutalement frappé qu'il en de-
meura estropié. Dès-lors on le condamna
à être enchaîné le jour et la nuit, et à
n'avoir de la nourriture que lorsqu'on
daignait se rappeler qu'il pouvait avoir
faim. Maintenant quelle différence! Florval est malheureux, et Azor l'est beaucoup moins. Ils partagent ensemble le
morceau de pain qui reste, ils se cares-
sent et semblent se plaindre mutuelle-
ment. Cependant Florval n'est pas encore accoutumé aux privations ; son
caractère n'a pas assez de force pour
qu'il puisse résister au sort qui l'accable,
et il tombe malade de chagrin et de douleur. La fièvre l'attache à son grabat et

augmente encore l'horreur de sa position.
Il se rappelle alors le chien de l'aveugle
qu'il a jadis écrasé, le mépris qu'il a fait
des plaintes de son maître, et il croit
voir dans ce qu'il éprouve une juste pu-
nition du ciel irrité. Cependant il a encore des amis dans la ville; plusieurs
d'entre eux même sont ses débiteurs. Tous
les gens qu'il a traités naguère, toutes les
femmes qui l'adoraient n'apprendront
pas sans émotion qu'il a besoin d'eux en
ce moment. Il leur écrit à tous, et pas un
ne daigne lui répondre, le secourir, le
consoler du moins. Cependant l'ardeur
de la fièvre augmente, elle brûle son
sang que rien ne peut rafraîchir, et le
malheureux n'a bientôt plus la force de
quitter son lit de douleur. A ses côtés est
une cruche d'eau et un morceau de pain

dur, auquel le pauvre Azor n'ose pas
même toucher, dans la crainte d'en priver
son maître. Comme il partage sa souffrance! comme il sent sa position! Si
Florval élève un instant sa tête, Azor
saute sur le lit pour embrasser Florval.
S'il laisse pendre sa main défaillante, le
chien la couvre de baisers et de larmes.
Enfin le mal triomphe de la jeunesse de
l'infortuné, et il expire de besoin, de
remords et de douleur. Aussitôt la sen-
sibilité d'Azor se change en désespoir; il
pousse des cris lamentables, et force les
voisins à venir assister au plus triste des
spectacles. On entre, et l'on voit un
homme, dans la force de l'âge, mort de
privation et de misère sur un grabat re-
poussant. Le corbillard des pauvres vint
le prendre le lendemain pour le conduire

à sa dernière demeure, et les pas d'aucun parent, d'aucun ami, d'aucune amante ne vinrent se mêler au bruit du char; il roulait sans escorte vers le cimetière. Mais que dis-je? Un ami suivait Florval, et cet ami était Azor*.

* Un joli tableau de M. Vigneron, exposé au Musée en 1821, et que la gravure a reproduit avec le titre du *Convoi du Pauvre*, a inspiré à l'auteur les réflexions dont il a formé cette nouvelle.

La Veuve de Magpour.

Sous les palmiers de l'antique Asie,
dans l'aldée* de Magpour, distante de
vingt milles environ de la grande et
célèbre ville de Calcutta**, s'élève une

---

* On appelle aldée tout village ou bourg de l'Inde.

** Calcutta, capitale de l'Asie, sur le Gange, sur-
nommée la ville des Palais, parce qu'il y en a un nombre prodigieux, est une des grandes villes du monde.
Son commerce est immense, et les Anglais qui y sont
établis y exercent un pouvoir despotique. Tous ceux
qui sont attachés à la compagnie des Indes reviendraient
riches en Europe, après dix années de fonctions, si,
pour tuer le temps, ils ne se livraient à des excès qui,

pagode* antique et en grande vénération parmi les Indiens. Jamais Brama** n'eut de temple plus remarquable qu'en ce lieu; dans aucune autre pagode on ne voit plus d'étrangers ni de naturels venir au point du jour, après une ablution dans le Gange***,

joints à la chaleur du climat, terminent bientôt leurs jours. Calcutta est protégée par le fort Williams, où tous les anglais qui habitent l'Inde se trouveraient en sûreté en cas d'une nouvelle insurrection.

* On appelle ainsi un temple indien.

** Brama est le dieu que l'on adore dans l'Inde.

*** Le Gange est un des grands fleuves du monde. Les vaisseaux le remontent jusqu'à Calcutta. Il prend sa source dans les montagnes du Thibet, traverse le Thibet, le Bengale, et, après un cours de cinq cents lieues, se jette par plusieurs embouchures dans le golfe de ce dernier pays. Les Indiens regardent le Gange comme un dieu, et ils se purifient trois fois par jour dans ses eaux.

y saluer l'arrivée du soleil par de bruyantes
clameurs, et suspendre aux colonnes les
étoffes les plus belles et les objets les plus
précieux. Les Brames* enlèvent les of-
frandes pendant la nuit; et, après se les
être partagées, ils ne manquent pas de
dire aux superstitieux Indiens que Brama
a reçu leur offrande avec satisfaction. On
voit un grand nombre de ces malheureux
travailler tout le jour, ne vivre que de
riz et de fruits sauvages pour être en état
d'offrir tous les mois à son dieu l'hommage
de sa reconnaissance. Sont-ils malades,
ils se font transporter sur les bords du
Gange; et, lorsque le flux du Fleuve-Dieu
vient à les emporter et à les submerger,

---

* Les brames sont les prêtres consacrés au culte de
Brama.

les parens, témoins de leur bonheur, poussent des cris de joie et remercient Brama de les avoir reçus dans son sein. Ces derniers ont en outre souvent l'obligeance de clore avec de la vase le nez, la bouche et les oreilles des victimes, et cette petite cérémonie religieuse leur prouve combien elles étaient respectées et chéries dans ce monde.

Cette même superstition, que les Brames ont soin d'entretenir pour leur profit, et les Nabads* par politique, règne

---

* Les Nabads sont les princes Indiens qui gouvernent le pays sous la protection de l'Angleterre. Après l'usurpation par cette puissance du trône du malheureux Tipo-Saëb, elle jugea prudent, pour exciter moins de mécontentement, de conserver les Nabads qui sont dans le pays, ce qu'étaient jadis en France les intendans de provinces. Le vice-roi des Indes les nomme de son autorité privée, et ils jouissent auprès de lui

dans toute l'Inde, et fait d'un peuple
naturellement doux, modéré, simple,
hospitalier, insouciant, des hommes prêts
à se porter aux dernières extrémités.

Klisna venait de perdre son époux, et
Klisna était déjà destinée à la mort. Sa
beauté, sa jeunesse, sa grace ne pouvaient
la sauver, et déjà les Brames faisaient
préparer le fatal bûcher. Klisna ne vou-
lait cependant pas mourir encore. Elle
préférait aller pendant un an, en longs
habits de deuil, errer toutes les nuits
avec un flambeau sur la tombe de son
mari; mais les prêtres insistaient et la
menaçaient, ainsi que sa famille, ses amis
et les enfans de leurs enfans, de toute

d'une faveur d'autant plus grande, qu'ils sont plus
disposés à lui obéir aveuglément.

la colère de Brama, si elle refusait de se
soumettre à cette loi divine. Les parens
effrayés lui représentèrent le déshonneur
dont elle allait les couvrir, l'abandon
dans lequel elle passerait maintenant le
reste de ses jours, la félicité qui l'attendait dans l'autre monde, et la malheureuse prononça enfin le oui fatal. Aussitôt
on envoie auprès du commandant anglais
chercher l'autorisation de conduire la
victime à la mort; et, comme en s'empa-
rant de l'Inde, l'Anglais a promis de res-
pecter la religion, les lois et les usages
du pays, le commandant accorde la permission demandée; il envoie même des
cypayes* pour assurer l'exécution du sa-

* Les cypayes sont les soldats recrutés parmi les
naturels. Ils sont commandés par des officiers anglais
qui les traitent avec sévérité.

crifice. Tu vas donc mourir dans les flammes, veuve infortunée! rien ne pourra
maintenant te sauver, car personne ne
daignera consentir à te donner la main.
Déjà une musique guerrière se fait entendre; un long cortège de femmes, d'enfans, de faquirs *, de brames, vient
chercher la victime. On la couronne de
fleurs et on la conduit à la pagode, en
poussant trois fois des cris interrompus
par un profond silence. Klisna s'avance
couverte de voiles blancs, auprès de l'i-

---

* Les faquirs sont des prêtres du second ordre; il y
en a de tellement fanatiques qu'ils font vœu de parcourir plusieurs centaines de lieues en marchant sur
les genoux, ou de rester pendant un an la main ou le
pied immobile en l'air. Le membre se trouve paralysé,
après le vœu, et ils croient avoir par-là bien mérité
de leur dieu.

mage de Brama; on fait un sacrifice, et
le grand-prêtre déclare que le dieu le
voit d'un œil favorable. Il lève ensuite les
draperies qui couvrent la jeune veuve,
et, la montrant au peuple, « Voilà, s'é-
crie-t-il, celle que Brama appelle à lui!
félicitez-la du bonheur dont elle va jouir!»
Aussitôt les chants recommencent, la
musique fait entendre l'hymne de la mort,
et l'on s'avance vers le bûcher. La victime
n'en put faire trois fois le tour; son courage, ses forces l'abondonnèrent, et elle
tomba évanouie. Aussitôt les brames firent un signe, et les parens, les amis d
Klisna, indignés de sa faiblesse, l'enlèvent et la placent eux-mêmes sur l'écha
faud. Déjà la fumée montait en tourbillon
la flamme pétillante allait jaillir, quan
un jeune officier français, qui revena

de Chandernagor*, et s'était approché par curiosité, s'élance de la foule en s'écriant : « Arrêtez , brames impies, et vous, Bengalis fanatiques **, arrêtez ! Le dieu que vous adorez ne veut pas la mort de cette femme, et je m'oppose au sacrifice. » A ces mots, il s'approche rapidement du bûcher, et en écarte les pièces embrasées. Les spectateurs sont étonnés; les prêtres, transportés de courroux, ordonnent qu'on saisisse le sacrilège, le profanateur impie qui a outragé leur tout-puissant maître. Les cypayes hési-

---

* Chandernagor, ville où la France faisait jadis un commerce considérable, et qui balançait la puissance anglaise à Calcutta; aussi la politique britannique est-elle parvenue à réduire à rien cette colonie, où nous avons maintenant à peine un consul.

** Habitans du Bengal.

8

tent un moment à obéir. « Brama le
veut, s'écrient ceux-là de nouveau; rebelles, et vous, Bengalis, craignez la colère de Brama! » A ces mots, le peuple,
femmes, vieillards, enfans, se jettent sur
le généreux officier, qui tire son épée et se
défend avec courage; mais il est accablé
par le nombre, et on parvient à le char-
ger de fers. Il va donc mourir aussi? Le
même bûcher consumera donc deux victimes à la fois? Cependant, il faut une
nouvelle autorisation du commandant
anglais; mais la fureur des assistans est
si grande, que l'on veut que l'exécution
ait lieu sans retard. Déjà on reconstruit
le bûcher; on y monte le sacrilège, quand
celui-ci, jetant sur la jeune femme qu'il
a voulu arracher à la mort, un regard
de pitié : « Consentiriez-vous à être mon

épouse ? lui demande-t-il. — Moi, que
dites-vous ? hélas ! je ne le puis. La couleur de ma peau, ma pauvreté, l'abandon où vous me voyez, tout me fait une
loi de refuser... — Brames, et vous peuple, s'écrie alors le jeune Français, je
déclare que j'épouse la veuve que vous
avez condamnée aux flammes ! » A ces
mots magiques, la fureur générale s'ap-
paise ; les prêtres cachent sous l'appa-
rence de la joie le ressentiment de leur
cœur, et on détache les deux victimes ,
car telle est la loi de Brama. On les conduit en triomphe à la pagode, pour les
unir, quand un détachement anglais, qui
a reçu ordre de s'opposer à l'exécution de
l'officier, se présente et somme les prêtres et le peuple de se retirer. Les uns et
les autres obéissent avec peine ; mais des

8.

armes brillent dans les mains des soldats...
« Vous êtes libres tous les deux, dit aussitôt le commandant aux victimes de la
superstition! ne craignez rien, je réponds
de vous sur ma tête! Je suis reconnaissant de votre zèle, reprend soudain le
courageux Français, mais il est trop
tard. Klisna, venez avec moi à Chandernagor; il y a un temple consacré à mon
Dieu, vous y serez déclarée mon épouse.
— Moi! se pourrait-il? — Je vous l'ai
promis! »

*Tenez, ma bonne, voilà le déjeuner
de Robin.*

Gabriel sculp.

La Laitière reconnaissante.

SUR le boulevard Saint-Antoine, devant l'hôtel Beaumarchais, s'établissait jadis tous les matins une jeune laitière qui venait de Belleville* vendre du lait. A peine l'âne qui le portait était-il déchargé, qu'il recevait une ration de foin et d'herbe fraîche. Un jour la ration fut oubliée à la maison par Fanchette, et

---

* Bourg situé sur les hauteurs qui dominent Paris du côté du faubourg du Temple; beaucoup d'ouvriers y vont se reposer le dimanche du travail de la semaine, et y respirer un air plus pur qu'à Paris. On y danse, on y boit et l'on s'y amuse à peu de frais.

l'animal n'eut rien à manger. La laitière
était désolée, elle ne savait que faire, et
elle s'écriait de tems en tems : ô mon
pauvre Robin, ô mon pauvre ami! tu
dois avoir bien faim après avoir tant travaillé; mais patience, nous retournerons
de bonne heure à la maison, et tu seras
amplement dédommagé; ne m'en veux
pas mon pauvre Robin! En même tems
sa main caressait l'animal qui désirait
alors tout autre chose que des caresses.

Beaumarchais, pendant les exclama-
tions de Fanchette, se promenait en robe
de chambre dans son superbe jardin at-
tenant au boulevard. Une grille de fer et
une seule charmille l'en séparait, et il
entendit tout ce que le regret d'avoir
oublié le déjeûner de son âne faisait dire
à la jeune fille. Aussitôt il dépose sur un

banc le livre qu'il tient, il gagne son écurie, se charge d'herbe et de foin, et apportant son fardeau à la laitière : Tenez, ma bonne, lui dit-il, il ne faut pas que le pauvre Robin souffre de votre oubli; il a travaillé, à ce qu'il paraît, depuis le matin, il est juste qu'il mange. Fanchette, étonnée de voir un si beau monsieur s'occuper avec tant de complaisance d'un pauvre animal, hésita à accepter, mais la pitié l'emporta sur la fausse honte, et l'âne eut de suite à déjeûner. Quelques mois s'écoulèrent pendant lesquels Beaumarchais vint souvent s'informer en riant si le déjeûner de Robin n'avait pas été oublié ce matin? Non, Monsieur, non, reprenait Fanchette, et elle renouvelait sa reconnaissance par de nouveaux remercîmens.

La révolution marchait alors à grands
pas, et bientôt elle devint si terrible,
que l'ingénieux auteur du Mariage de
Figaro ne fut plus lui-même en sûreté. Il
jouissait de beaucoup de considération;
il était riche, double crime alors dont le
dernier seul était bien souvent puni de
mort. Un soir que retiré dans son appar-
tement il se disposait à se coucher, le domestique d'un de ses amis demande à le
voir sans retard; on l'introduit et alors
celui-ci présente une lettre qu'il a, dit-il,
eu ordre de ne remettre qu'en main propre. Beaumarchais la décachète, qu'y lit-
il? «Fuis, cher Caron, fuis; j'ai vu ton
nom porté sur la liste de ceux qu'on doit
arrêter demain et traduire au tribunal
révolutionnaire; delà, pour un homme
comme toi, il n'y a qu'un pas à l'échaf-

faud. Discrétion et célérité! A cette lecture, Beaumarchais est interdit; il ne sait
ce qu'il doit faire. On lui conseille de
fuir, mais où aller? qui voudra le recevoir? compromettre sa vie pour le sauver? Cependant la fuite est urgente; demain, dans quelques heures, il ne sera
plus tems. Tout à coup il pense à son
ami Sinard qui, retiré à Belleville où il
s'occupe de littérature, ne sera l'objet
d'aucune recherche, d'aucun soupçon,
et qui d'ailleurs braverait tout pour le
servir; enchaîné par la reconnaissance,
vingt fois cet ami dévoué, sensible et généreux, l'a prié de le mettre à l'épreuve,
et Beaumarchais se décide enfin à se
rendre près de lui. Déjà déguisé en pay-
san, armé d'un bâton, la bourse garnie
d'or, il a gagné la barrière, et il s'est

échappé de la capitale. La nuit heureu-
sement est obscure, et le malheureux fugitif ne court aucun danger jusqu'à l'arrivée du jour. Il s'achemine donc, malgré
sa forte corpulence incompatible avec la
marche, malgré ses soixante-quatorze ans,
vers la maison hospitalière, et il y arrive
couvert de sueur et accablé de fatigue.
Il frappe, il se nomme, et croit entendre
aussitôt la porte rouler sur ses gonds;
point du tout, son ami refuse de lui ouvrir. Ta présence me compromettrait,
lui dit-il, et je ne recevrai dans mon ermitage ni les amis ni les ennemis de la nation.
Ainsi donc, cherche ailleurs un gîte et
éloigne-toi promptement d'ici, je t'en
supplie. A ces paroles le vieillard est
saisi de douleur et d'indignation; il vou-
drait parler, mais ce serait s'avilir; il

tremble de tous ses membres, et cependant il retrouve des forces pour s'éloigner, suivant l'invitation qu'il a reçue.
Ce qu'il sent est inexprimable. Quoi!
s'écrie-t-il enfin, les yeux baignés de
pleurs, voilà donc les hommes! voilà
donc les amis de trente ans! égoïstes,
cruels, ingrats, perfides! aussi pourquoi
ai-je quitté Paris? je n'avais à perdre sur
l'échaffaud que quelques jours...., d'ailleurs le tribunal pouvait m'acquitter, je
pouvais parler de ma popularité, de mes
sentimens généreux.... Non, à ces chances j'ai préféré la plus terrible, et maintenant je ne sais que devenir, où aller,
à qui m'adresser; le jour va paraître,
ciel! prends pitié de moi.

Comme il disait ces mots, une lumière
s'échappant d'une petite maison, vint

9.

frapper ses yeux. Il hésite quelque tems
à s'y présenter, car qui lui ouvrira sa
porte, quand Sinard lui a fermé la sienne.
D'un autre côté que devenir, et il se
décide.

Qui va là? répond soudain, de l'intérieur, une forte voix d'homme. — Un
malheureux qui demande un asile. —
Passez votre chemin, nous n'en avons
pas pour les gens de votre espèce! — Je
ne suis pas un malfaiteur, je paierai tout
ce qu'il faudra. — Riche ou pauvre, malfaiteur ou non, la loi me défend d'ouvrir
et je ne connais qu'elle. — Vous me sau-
veriez la vie en me recueillant. — Oh!
mon père, je ne me trompe pas, s'écrie
bientôt de l'intérieur encore, une voix
plus douce que la première, c'est lui! —
Qui, lui? répond-on. — Oui, j'en suis

très sûre, c'est lui! le bon Monsieur qui
a donné à manger à Robin. — Bah! bah!
tu t'imagines çà toi; que veux-tu qu'il
vienne faire ici à quatre heures du matin? — Je reconnais parfaitement sa
voix, ô mon père, ouvrez-lui! — Tu
m'impatientes! cependant, pour te con-
tenter, je vais le rappeler, tu l'exami-
neras, et si c'est lui je le recevrai, sinon,
non. Oh là! l'homme, venez un peu par
ici! Le vieillard, que la fatigue avait
empêché de s'éloigner beaucoup pendant
ce dialogue, revint sur ses pas, et à peine
la porte de la chaumière lui fut-elle ouverte, que la jeune fille s'écria : oui, mon
père, c'est lui! c'est le monsieur du boulevard! Et Beaumarchais reconnaît la
petite Fanchette. Silence! reprit soudain
le père, entrez, Monsieur, je me doute

à présent de ce qui vous a fait quitter
Paris, mais soyez tranquille. Vous serez
en sûreté ici, où vous resterez tant qu'il
vous plaira. Vous avez sans doute faim?
on va vous donner à manger. Vous oc-
cuperez mon propre lit. Je sais à quoi je
m'expose en vous recueillant, mais on
ne doit pas hésiter d'être utile à un brave
homme. Va, ma fille, vendre le lait et
tâche d'apprendre, sans faire semblant
de rien, ce qui se passera chez Monsieur.
Le malheureux fugitif remercia affectueu-
sement ces bons paysans de l'important
service qu'ils lui rendaient, pour le léger
qu'il avait rendu autrefois, et Fanchette
partit comme à l'ordinaire avec Robin.
Au retour elle raconta qu'on était venu
de grand matin chez M. Beaumarchais
pour s'emparer de lui, qu'on avait saisi

ses papiers, chassé tous ses domestiques,
et qu'on s'était emparé de son hôtel. Le
vieillard, toujours fêté par les bons habitans de la cabane, laissa passer l'orage
et informa ensuite, toujours par le moyen
de Fanchette, quelques personnes puis-
santes de sa position. Celles-ci obtinrent
un mois après, et à force de démarches,
le lever de la mise en jugement de Beaumarchais. Son hôtel et ses autres pro-
priétés lui furent rendus, et il s'estima
heureux d'acheter par la suite la chaumière où il avait été recueilli si géné-
reusement, et de la faire accepter à ses
hôtes comme un témoignage de sa vive
reconnaissance.

Le Duel.

ARMAND avait reçu de la nature un caractère vif, contrariant, susceptible, emporté, et, bien loin de chercher à se corriger en avançant en âge, il semblait se livrer avec plus de plaisir encore à sa malheureuse habitude de tout juger et de tout critiquer. A la maison paternelle ses parens lui avaient fait à ce sujet les plus tendres représentations ; au collége ses maîtres l'avaient souvent puni ; tout avait été inutile. Il s'était attiré journellement des querelles avec ses camarades, et il s'en préparait beaucoup d'autre. dans le monde qu'il allait parcourir.

Le jeune homme, ayant atteint sa dix-huitième année, vint à Paris pour y suivre un cours de droit. Un de ses cousins, nommé Charles, partit avec lui dans le même dessein, et tous les deux s'installèrent, l'un près de l'autre, dans le quartier latin. La mère d'Armand vit son fils s'éloigner d'elle avec peine, elle redoutait pour lui tant de circonstances ; aussi pria-t-elle instamment Charles, qu'elle connaissait poli, sage, laborieux, de veiller sur son ami et de lui servir de mentor. Charles s'acquitta de cette fonction avec plaisir, mais bientôt Armand reçut ses conseils avec impertinence, et ils furent supprimés. Ce dernier même jugea que, pour soutenir son honneur, il pourrait avoir besoin quelquefois d'une épée ou d'un pistolet, et il se livra avec goût à l'exercice de l'une et de l'autre de ces armes. Charles, au contraire, dont les parens à peine dans l'aisance se gênaient pour le faire séjourner à Paris, comprenait sa position, et travaillait autant que son cousin travaillait peu.

Un jour, nos deux jeunes gens se promenaient ensemble au Luxembourg, quand un coup de coude donné par inadvertance à Armand, l'indigna au point qu'il alla, avec des paroles insultantes, en demander raison à l'auteur. Celui-ci qui était un gaillard brutal et robuste, répondit que les armes qu'il avait reçues de la nature lui paraissaient suffisantes pour une explication, et en même tems il appliqua un pesant soufflet au jeune

homme ; il allait même recommencer,
malgré l'entremise de Charles, quand
la sentinelle apercevant un rassemble-
ment arriva, et conduisit les deux cham-
pions au corps-de-garde où ils restèrent
jusqu'au lendemain. Armand en fut quitte
cette fois pour un soufflet et une mauvaise
nuit ; heureux si cette première leçon
l'eût rendu plus sage !

A quelque temps de là les deux cousins dînaient ensemble chez le restaura-
teur, quand des élèves en droit et en
médecine qui s'y trouvaient aussi, se mi-
rent à s'envoyer d'une table à l'autre des
boulettes de pain. Ce jeu déplut à Armand qui devint furieux en recevant une
boule à la tête ; Charles l'engagea pru-
demment à sortir, mais il n'en voulut
rien faire, et bientôt, s'adressant à l'as-

semblée, il menace de jeter une bouteille
à celui qui l'attrapera dorénavant. Une
boulette vint presqu'aussitôt, et la bouteille fut lancée. Quoiqu'elle effleurât
seulement la tête d'un jeune homme, ce
fut pour ses camarades le signal d'un
combat, dont Armand et le pauvre Charles, qui voulut encore prendre sa défense,
sortirent tout meurtris.

Le tems et la patience les guérirent
tous les deux, et Armand avait déjà oublié cette aventure, quand un jour Charles, très peu disposé à s'exposer encore
à de semblables chances, le voit arriver
chez lui de grand matin. Il paraît troublé, colère ; il a passé une nuit affreuse,
si l'on en juge par l'altération de ses
traits, par la pâleur de son visage. Sois
mon témoin, dit-il en entrant, j'ai reçu

hier une injure au spectacle, je veux la
laver dans le sang. Dans le sang ! s'écria
Charles, ce langage me fait horreur ! Les
bêtes féroces se déchirent entre elles, les
cannibales égorgent leurs ennemis et
boivent leur sang, trouveras-tu donc de
la gloire à leur ressembler ? ah ! mon
cousin, redeviens homme. — Un lâche
seul peut tenir un pareil langage ! — Je
ne suis pas un lâche, mais je suis loin de
regarder le spadassin comme un héros.
Qu'un homme expose sa vie pour la défense de son pays, pour l'humanité, pour
la justice, je l'admire, je sens dans mon
âme un feu électrique qui me prouve
qu'il fait bien et que j'en ferais autant ;
mais si ce même homme s'expose pour
une injure personnelle, je le trouve mille
fois plus petit qu'il ne me l'avait paru au

moment de l'offense. Sa position, ainsi
que celle de tout duellistes est horrible.
C'est un suicide s'il est tué, c'est un
assassin s'il tue. — Trève de verbiage!
veux-tu me servir de témoin? — Moi,
assister à la mort volontaire d'un homme!
peut-être à celle de mon ami, de mon
parent! Moi, recevoir leur sang sur mes
vêtemens! quelle proposition! y penses-tu,
Armand? Si tu renverses ton adversaire
ses dépouilles t'enrichiront-elles? Son
sang étanchera-t-il ta soif? Si tu suc-
combes, oserai-je jamais retourner dans
notre pays? Nos condisciples ne me crie-
raient-ils pas : qu'as-tu fait d'Armand?
Pourrais-je passer devant les murs de
notre collége, sans qu'ils ne semblassent
me reprocher ta mort? Plus de doux
souvenirs, plus de sensations délicieuses!

Et ton père, Armand, et ta pauvre mère, que me diraient-ils? Ah! réfléchis un instant, mais que dis-je? peux-tu hésiter encore? — Adieu, ne me regarde plus comme ton ami! — Si, tu l'es, tu le seras toujours, et tout ce que je t'ai dit te prouve combien tu m'es cher. Arrête mon ami, mon cousin, renonce au cruel projet.... — Laisse-moi, laisse-moi! — Pense à ton père, à ta pauvre mère; tu es toute leur espérance, toute leur félicité..... Il n'avait pas fini, qu'Armand avait déjà descendu l'escalier. Charles se repentit de ne l'avoir pas suivi; mais bientôt considérant que ne connaissant personne à Paris il ne pourrait trouver de témoins; qu'ensuite toutes ces affaires prétendues d'honneur se terminaient ordinairement par un déjeûner, il se ras-

sura et se mit au travail. Deux heures à
peine s'étaient écoulées qu'il vit entrer
chez lui un commissionnaire qui lui remit avec empressement un billet ainsi
conçu :

« Votre cousin a été grièvement blessé,
« il demande à vous voir, ne perdez pas
« de tems. »

Charles s'élance soudain hors de sa
chambre, et déjà il est près d'Armand,
qu'il trouve sur son lit, entouré de médecins, qui déclarent unanimement que
la balle ayant fracassé l'os du bras, il
faut en faire l'amputation près de l'é-
paule. Charles n'a pas la force de parler, il reste muet de douleur devant son
malheureux cousin qui bientôt s'écrie en
fondant en larmes : « O mon ami ! que je

10

mérite bien mon sort! j'étais insensé ce
matin puisque le nom de ma mère, que
tu as prononcé deux fois ne m'a pas re
tenu. Que le coup qui m'a été porté me
fait cruellement retrouver la raison. La
réflexion double ma souffrance physique.
Pour une offense..... une prétendue offense..... — Calme-toi, mon cher Armand, le malheur est arrivé, il ne te
reste plus qu'à chercher des consolations
dans une philosophie douce et religieuse.
— Non, j'en mourrai, je le sens, je n'é-
tais pas fait pour vivre dans la société,
et j'en vais être retranché pour jamais.
O mes bons parens! O ma mère chérie,
quelle nouvelle pour ton cœur! Écris-lui,
mon ami, prends toutes les précautions
nécessaires pour adoucir le coup que tu
vas lui porter. Ne lui dis pas que je

souffre, ne lui dis pas surtout que je verse des larmes, ne lui dis rien, non rien, elle ne connaîtra que trop tôt mon malheur.... Cependant si elle l'apprend par un autre.... Affreuse pensée ! allons, écris-lui ; je souffre moins maintenant, je ne cours aucun danger.... O maudite soirée ! maudit spectacle ! Mais que dis-je ? C'est moi-même que je dois maudire, c'est moi qui, comme une bête féroce, ai voulu me baigner dans le sang d'un homme, de mon semblable, et pourquoi ? Parce qu'il prétendait que Rossini n'était pas supérieur à Grétry, Méhul et Berton. — Comment, c'était pour cela !»

 Anna

ou

l'Enfant du Malheur:

———

La femme d'un pauvre cordonnier se rendant un matin à Saint-Sulpice pour y entendre la messe, aperçut sous le portail de cette église une corbeille placée entre deux colonnes. Elle approche, l'ouvre, et trouve dedans une jolie petite fille enveloppée dans des langes très propres. Un portrait de femme était suspendu à son cou par un cordon de soie, et sur elle se trouvait cette inscription :

*Je suis Anna, je suis l'enfant du mal-
heur.* La bonne femme fut touchée, et, se
privant cette fois d'entendre la messe,
elle rentra chez elle et présenta à son mari
et la corbeille et la jeune orpheline. Celui-ci ne fut pas enchanté de la trouvaille.
Nous avons deux enfans, dit-il à sa ménagère, et mon gain suffit à peine à nos
besoins; ainsi nous ne pouvons pas adop-
ter celle-ci. Quand j'étais jeune je l'aurais fait volontiers, parce qu'en travail-
lant un peu plus il y aurait eu moyen de
se tirer d'affaire; mais malheureusement
c'est fini. Bah! bah! mon ami, reprit
enfin la femme, Dieu y pourvoira; il ne
nous a pas abandonnés jusqu'à cette heure, ne désespérons pas de sa bonté. C'est
peut-être lui-même qui nous a envoyé cette
petite créature pour que nous en ayons

soin, que sait-on! Tiens, regarde, Marceau,
comme elle est gentille, comme elle te
tend ses petites mains; allons, embrasse-
la! Marceau hésita quelque tems, mais
enfin il embrassa l'orpheline, c'était dire
qu'il l'adoptait. Anna fut dès-lors envoyée
en nourrice, et deux ans après elle revint chez ses parens, qui la confondirent
dans leur affection avec leurs propres
enfans. Ceux-ci ne surent rien de ce qui
s'était passé, et la regardèrent comme
leur sœur.

Déjà le garçon de Marceau l'aidait
dans son travail, tandis que sa fille par-
tageait avec sa mère les soins du ménage.
Anna seule ne pouvait encore rien faire;
mais quelques années s'écoulèrent et dé-
veloppèrent chez elle une beauté parfaite
réunie à une intelligence remarquable.

Déjà elle était, pour ses frère et sœur, qui étaient loin de lui ressembler sous tous les rapports, un objet de jalousie, et pour ses parens adoptifs un objet d'orgueil. Ceux-là n'avaient jamais pu apprendre à lire et à écrire correctement, Anna l'apprit sans peine; ils avaient fatigué journellement les voisins par leurs criailleries insipides, Anna les charmait par sa grâce, sa politesse et sa prévenance; ils avaient été long-tems à apprendre à travailler, Anna le sut promptement, et bientôt elle gagna de quoi subvenir à la dépense qu'elle occasionait dans la maison. Alors elle fut heureuse, tous ses vœux étaient accomplis. Intéressante jeune fille, puisses-tu ignorer toujours que ceux que tu aimes ne sont que tes bienfaiteurs! mais non

un double coup va t'être porté, et chacun
d'eux déchirera cruellement ton âme. La
bonne cordonnière tomba malade , et,
malgré tous les soins de sa fille adoptive,
elle sentit approcher le terme de sa vie.

Un jour que la jeune personne était au
chevet du lit de la pauvre femme, « Anna,
lui dit celle-ci, je vais mourir, tout me
l'annonce, mais avant j'ai quelque chose
à t'apprendre ; que cela ne t'afflige pas le
moindrement, et sois sûre que tu nous
es trop chère, à mon vieux Marceau
comme à moi, pour que ton sort change
en quoi que ce soit. Tu m'appelles ta
mère, Anna..... — Oui, ma mère, eh
bien ? — Eh bien ! je n'ai pas le bonheur
de l'être. — O ciel ! que me dites-vous ?
— Oui, mon enfant, d'autres personnes
t'ont donné la vie, mais c'est tout ce

11

qu'elles ont fait pour toi. Tu trouveras, quand je ne serai plus, dans le haut de l'armoire, une corbeille, un portrait, des langes et un billet, qui pourront peut-être un jour te les faire reconnaître, et en même tems elle raconta ce qui était arrivé. — Ah! que m'avez-vous dit, ma mère? Si, si, vous l'êtes, je le sens à mon cœur, à ma tendresse pour vous, pour votre cher mari; ne me parlez pas d'autres parens, vous êtes les seuls que mon cœur puisse aimer! » La bonne femme mourut quelques jours après, et ses enfans légitimes étaient déjà consolés qu'Anna pleurait encore.

Cette mort, cependant, apporta de grands changemens dans la maison de Marceau. Le fils prit la boutique, et la fille, ayant connu qu'Anna n'était pas sa

sœur, ne voulut plus s'occuper du ménage, et lui en laissa toute la peine. Elle
se fit même souvent un plaisir d'outrager
la pauvre orpheline, et elle poussa la
brutalité jusqu'à la maltraiter. Anna n'o-
sait se plaindre à son père, dans la crainte
de déchirer le cœur du vieillard, et elle
dévorait ses pleurs en silence. Bientôt le
fils se maria, et le premier acte de sa
femme fut de signifier à Anna de quitter
la maison. La malheureuse prit la corbeille qui lui avait servi de berceau, mit
à son cou le portrait qu'elle contenait,
et vint faire ses adieux à son père, qui
versa des larmes; il n'avait plus d'autorité chez lui.

Anna se retira donc dans une petite chambre qu'elle loua dans le voisinage; et, à force de travail, elle ga-

11.

gna de quoi subvenir à tous ses besoins.
Bientôt, pour comble de malheur, le
vieillard devint paralytique, et, bien loin
de voir ses enfans empressés de le servir,
il fut relegué dans une pièce de derrière
où on ne s'occupait presque pas de lui.
Anna seule venait le voir tous les jours,
et lui apportait tantôt du vin, tantôt
quelque mets qui pût exciter son appétit.
Le bon père Marceau pleurait de joie à la
vue de sa fille adoptive, et sentait son cœur
ulcéré se ranimer à sa voix chérie.

Un matin Anna se rendant avec de
petites provisions auprès de son père,
aperçoit un fiacre arrêté devant la boutique. Elle demande ce qui est arrivé, et elle
apprend des voisins que l'on va conduire
le vieillard à l'hôpital. A l'hôpital ! s'écrie-
t-elle aussitôt avec indignation, non, il

n'ira pas. Qu'on le porte chez moi, j'en
prendrai soin, et je m'estimerai heureuse
de rendre à sa vieillesse ce qu'il a fait
pour mon enfance. En même tems elle
ordonne au cocher de prendre un chemin
différent, et le bon paralytique est trans-
porté chez la jeune orpheline. Le lit
d'Anna devient aussitôt celui du vieillard,
elle se contente pour elle d'un simple
matelas. Quand elle lui parle c'est toujours
avec une douceur angélique. Elle prévient
ses désirs, se prive de tout, et travaille
doublement pour que son père ne manque
de rien. Enfin, le père Marceau n'a plus
aucun rapport avec ses enfans; il est tout
pour Anna, Anna lui tient lieu de tout
sur la terre. Mais si la vertu n'est pas
toujours ostensiblement heureuse, son
malheur est de courte durée. Le ciel est

trop juste pour ne pas la récompenser,
et d'ailleurs, il veut par elle donner une
leçon aux hommes.

Un jour que la jeune orpheline était
allée porter de l'ouvrage chez une de ses
pratiques, elle y trouva une autre dame
d'un certain âge qui lui en promit aussi;
mais à peine eût-on prononcé devant elle
le nom d'Anna, qu'on l'entendit soupirer
et s'écrier avec douleur : « Hélas ma fille
aussi s'appelait Anna. Celle-ci s'approche
d'elle pour la consoler, et la dame distingue le portrait suspendu au cou de la
jeune personne. — « Ciel ! se pourrait-il?
seriez-vous? — Moi, Madame, non, je
suis Anna, je suis l'enfant du malheur.
— O ma fille, viens dans mes bras! »
Elle n'en put dire davantage, elle tomba
sans connaissance. Après qu'on l'eût rap-

pelée à la vie, « Anna, dit-elle à la jeune
fille, le ciel te rend enfin à mon amour !
Viens chez moi, viens, ma fortune, tout
ce que je possède est à toi. — Je suis sensible à l'offre que vous me faites, Madame, mais je n'ai pas l'honneur de vous
connaître, et d'ailleurs je n'abandonne-
rai jamais mon respectable père. — Ton
père ! que dis-tu ? ton père ! hélas ! c'est
lui qui t'a abandonnée, c'est lui qui pour
enrichir un fils…. je ne puis t'en dire davantage. — Je ne connais pas, Madame,
le père dont vous me parlez, mais je
connais un digne homme qui m'a re-
cueillie, qui m'a élevée, et à qui je con-
sacrerai toute mon existence. Voilà le
seul père que je connaisse, et c'est le seul
que je veuille reconnaître ! — N'accuse
pas ta mère, Anna, elle fut bien mal-

heureuse! De grâce conduis-moi chez celui
qui t'a élevée chez celui à qui je dois ma
fille; tu ne peux t'y refuser, puisque c'est
pour faire son bonheur. Anna hésitait encore, mais la dame lui ouvrit ses bras et
elle s'y précipita : moment plein de charmes, que rien ne peut dépeindre! Les deux
dames allèrent ensuite informer le bon paralytique de cet heureux évènement. O
mon père, lui dit en entrant la jeune fille,
vous allez être heureux ! car, sans cesser
jamais d'être Anna pour vous, je cesse
aujourd'hui même d'être l'enfant du malheur, et elle raconta ce qui s'était passé.
Le bon père Marceau craignit un instant de perdre sa fille, mais la mère
d'Anna le rassura promptement. « Venez
avec nous, lui dit-elle, homme respectable, à qui je dois de retrouver ma fille,

au lieu d'une nous en serons deux pour vous, et vous jouirez dans mon hôtel de tout ce que nous possédons. » Bientôt après une voiture vint prendre le vieillard, et le conduisit chez la mère d'Anna, qui lui témoigna sa profonde reconnaissance par les soins les plus empressés.

Anna reconnut sa mère à la conformité de leurs cœurs, et elle l'aima tendrement, et pour elle, et plus encore pour son père adoptif.

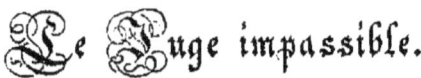

Le Juge impassible.

⸺⸺◆⸺⸺

FILS de militaire, Guérin, quoique
jeune encore, avait fait toutes les cam-
pagnes d'Italie, de Prusse, d'Allemagne, etc.; et partout il s'était distingué
par une grande régularité dans le service, et par une bravoure à toute épreuve.
Ces qualités le faisaient aimer de ses camarades, et estimer de ses chefs. Lorsqu'on recomposa son régiment, détruit
presqu'en totalité par la guerre, il fut
fait sergent, et il partit pour l'Espagne.
Cette invasion, dans laquelle les Espa-

gnols montrèrent ce que peut le patrio-
tisme contre la force, l'injustice et l'op-
pression, coûta la vie à des milliers de
braves; et Guérin, blessé deux fois au
siége de Sarragosse *, fut forcé d'entrer
à l'hôpital et d'y rester long-tems. Enfin
il guérit, et obtint la permission de rejoindre son régiment.

S'étant mis en route à travers une ligne
occupée par nos troupes, il cheminait un

---

* Sarragosse, *Cæsarea Augusta*, fondée par César-
Auguste, sur la rive gauche de l'Ebre, en Espagne.
Cette ville est belle, grande, peuplée et commerçante.
Deux beaux ponts s'élèvent sur le fleuve. Elle soutint,
en 1810, contre les Français, un siége dans lequel les
habitans, trois fois vaincus, trois fois vainqueurs,
montrèrent un grand courage. Nous finîmes par en rester les maîtres avec une perte de 35,000 hommes. Les
assiégés en perdirent un tiers en plus. Sarragosse est la
capitale de l'Arragon.

soir tranquillement, quand tout-à-coup
ces cris : A moi, Français! on m'assassine!
partirent d'un bouquet de bois qui s'élevait
dans le voisinage. Aussitôt Guérin tire
son sabre, s'élance sans réflexion à l'en-
droit d'où partaient les cris, et distingue
aux rayons de la lune un officier français à qui cinq Espagnols imposaient un
mouchoir sur la bouche pour étouffer ses
cris, et qu'ils se disposaient à égorger
après en avoir obtenu tous les rensei-
gnemens possibles. Le nombre n'épou-
vante pas le brave; il se jette sur les assassins, en met deux hors de combat, et
force les trois autres épouvantés à prendre la fuite. Il revient aussitôt auprès de
celui qu'il a secouru, et le trouve baigné
dans son sang, et hors d'état de marcher.
Comment faire? Il ne peut l'abandonner,

il ne peut s'arrêter long-tems près de lui. Les Français occupent bien un village à un mille de là, mais pendant qu'il ira y chercher du secours, les assassins peuvent revenir, le militaire même peut mourir de sa blessure. Ayant fait toutes ces réflexions, Guérin le charge sur ses épaules, et guidé par les feux, gagne précipitamment le village, où il arrive couvert de sueur et accablé de fatigue. Il remet aux avant-postes son noble fardeau, et un soldat reconnaît son colonel dans le militaire blessé. Le sergent satisfait s'écrie : France, c'est un de plus pour toi ! tu le dois à Guérin ! et s'échappe malgré sa fatigue.

Le lendemain, il se mit en route pour rejoindre son corps, et personne ne sut ce qui lui était arrivé. Il regardait son action comme trop naturelle pour en parler.

Cependant les blessures que le colonel avait reçues n'étaient pas mortelles; deux coups de sabre avaient porté à faux, et un seul coup de poignard, dont encore l'abondance du sang répandu diminua le danger, avait pénétré entre deux côtes. A peine donc fut-il pansé et rétabli qu'il demande à voir le sergent à qui il doit la vie. On lui répond qu'après avoir remis le colonel entre les mains des siens, il s'est écrié : France! c'est un de plus pour toi! tu le dois à Guérin! et qu'il a disparu. La plaque de son sacko indiquait le 27ᵉ régiment de ligne. Homme généreux! s'écrie à son tour l'officier, brave Guérin, je suis ton débiteur, réclame ta dette quand tu le

voudras! Un an, dix-huit mois s'écoulèrent, pendant lesquels nos grands succès
en Espagne furent suivis de revers non
moins grands. Les vivres étaient rares,
et la dyssenterie faisait des ravages affreux dans l'armée.

Un jour la compagnie de Guérin es-
cortant un convoi à travers les montagnes de l'Estramadure *, une dispute s'é-
leva entre le capitaine et lui, et elle fut
si vive, qu'aux injures succédèrent les
menaces, et que le vieux sergent s'oublia
au point de frapper son supérieur. C'en

* L'Estramadure, province d'Espagne, faisant partie
de la Nouvelle-Castille, et située entre le royaume de
Léon et l'Andalousie. La chaleur y est très forte et in-
supportable aux étrangers. Les habitans y sont peu ci-
vilisés, peu laborieux et peu riches, mais ils sont braves et robustes

est fait de lui! Le crime de rebellion a
été public, il faut que la réparation soit
exemplaire. A peine la compagnie fut-
elle arrivée dans la ville où se rendait le
convoi, que Guérin est arrêté, désarmé
et jetté dans les fers. Déjà un conseil de
guerre se forme pour le juger. Les colonel, major, capitaine, lieutenant et sous-
lieutenant voulus par la loi se présentent
et l'on envoie chercher le coupable par
six fusiliers. Guérin paraît avec la cer-
titude qu'il va mourir, et cependant il
n'est pas abattu. Son front est calme,
mais le repentir est dans son cœur. Il en-
vie le sort de ceux qui sont tombés avec
gloire sur le champ de bataille, quand
tout-à-coup, levant les yeux sur ses juges, il reconnaît dans le président le colonel même à qui il a sauvé la vie. Oui,

c'est bien lui, ce sont bien ses traits, sa
taille, son maintien ; il n'en peut douter,
cependant il ne se fera pas reconnaître,
ce serait réclamer le prix d'un service.
Les premières formalités étant remplies,
le président procède à l'interrogatoire du
coupable. Quel est votre nom? — Louis
Guérin. — Guérin.... dites-vous? — Oui,
Guérin. — Quel est votre âge? — Qua-
rante-neuf ans. — Votre grade? — Sergent. — N'avez-vous pas servi dans le
27ᵉ régiment de ligne avant d'entrer
dans celui où vous êtes maintenant? —
Oui, Colonel. — Il suffit, asseyez-vous.
Le rapporteur prend ensuite la parole
et conclut à la peine de mort. On entend
les témoins, Guérin avoue son crime, et
les débats se terminent. On va aux voix
en commençant par l'officier du grade

inférieur. Quand le président mit son
billet dans l'urne fatale, le sergent re-
marqua que sa main tremblait, et qu'une
larme s'échappait de ses yeux. Il m'a reconnu, dit-il en lui-même, il est plus à
plaindre que moi. On ouvre les billets,
tous portent la mort, et les six fusiliers
reconduisent le coupable dans son cachot.

Dans douze heures, c'est-à-dire au
point du jour, Guérin aura cessé de
vivre, et il s'y attendait, la loi est inexo-
rable. Cependant il réflechit sur ce qui
s'est passé. Il m'a reconnu, reprend-il
encore, et il m'a condamné. Il a porté
lui-même la sentence par laquelle celui
à qui il doit la vie va la perdre. Mais
devait-il agir autrement? N'avais-je pas
violé la discipline, sans laquelle une

12.

arinée n'a aucune force, aucune puissance? Oui, le colonel a fait son devoir,
et je ne l'en estime que davantage. A ces
mots, Guérin mangea un morceau de
pain qui se trouvait près de lui; puis,
s'étendant sur le banc de pierre de son
cachot, il s'endormit. Le malheureux
rêva peut-être même encore le bonheur,
la gloire, quand la faulx de la mort était
déjà sur sa tête. Tout-à-coup il se sent
tirer fortement par ses vêtemens; il se
réveille, ouvre les yeux, et demande à
un grand homme enveloppé dans un
manteau qui est devant lui, ce qu'il
veut. Sergent, reprend celui-ci, n'êtiez-
vous pas au siége de Sarragosse? — Oui,
pourquoi? — N'avez-vous pas un soir
secouru un officier français que cinq Espagnols avaient déjà terrassé? — Oui,

et même je l'ai porté jusqu'au poste voisin. — O mon ami, viens dans mes
bras, sur mon cœur, je suis cet officier!
Guérin l'embrassa avec émotion. Je sais
tout ce qui s'est passé dernièrement, continua celui-ci, je viens à l'instant de si-
gner l'arrêt de ta mort, mais pardonne-
moi.... Si tu savais ce que j'ai souffert....
Cependant il en est tems encore, prends
cette bourse, fuis de ce cachot, le geo-
lier est gagné. — Moi fuir, Colonel, moi
quitter mes drapeaux! que me conseil-
lez-vous? — Mon amitié, ma reconnaissance m'égarent peut-être, mais pardon,
ce ne serait que pour quelques jours, et
il n'est pas d'autre moyen de te sauver.
— Eh bien! je mourrai; un vieux soldat ne craint pas la mort, vous le savez
vous-même. — Non, tu ne mourras pas!

tu te cacheras jusqu'à ce que je puisse....
Il me vient une idée. Le maréchal de-
mandait ce matin un officier brave et de
bonne volonté pour un coup hardi, je
vole me présenter, j'obtiendrai ta grace;
oui, je l'obtiendrai, ou je me punirai
moi-même de ma cruauté, de mon in-
gratitude envers toi. Il sort à ces mots,
monte à cheval, et se rend à la tente du
maréchal. Il est introduit après bien des
difficultés, et il demande à partir. —
Vous, Colonel, c'est à la tête de votre
régiment que vous devez vous faire tuer,
et non ailleurs. — Je le sais. — Vous
êtes pâle, tremblant, qu'avez-vous? quel
motif pourrait?.... — Hélas! un bien
puissant. — Parlez! et il expliqua comment il devait la vie à un brave sergent
qui, dans quelques heures allait être

passé par les armes, et qu'il espérait,
pour prix du dévouement qu'il aurait
montré si on eût accepté ses services,
pouvoir arracher à la mort. Il mit tant
de feu et de reconnaissance dans son récit que le maréchal en fut ému. Je vous
admire, dit-il, comme un juge équita-
ble, et comme un homme digne. Je par-
donne à Guérin en votre faveur, voici
sa grace.

Le colonel revint sur-le-champ à la
prison du condamné, et, lui présentant
le bienheureux papier, « Non, tu ne
mourras pas, mon ami, lui dit-il, France!
c'est un brave de plus toi! »

Les deux Dépositaires.

―――◦◦◦―――

S'il est dans la société des êtres rapaces, égoïstes, sans bonne foi, sans honneur, il en est aussi de justes, de vertueux, de philantropes, pour qui le bien d'autrui est une chose sacrée. Si vous remettez votre fortune aux mains des premiers, ils en nieront le dépôt; ou, s'ils sont liés par des écrits, ils chercheront mille prétextes pour ne pas vous la rendre; ils vous susciteront des procès, vous abreuveront de dégoûts, et vous forceront à composer ensuite avec eux, en perdant la moitié ou les deux tiers de ce qui vous

13

était légitimement dû : les seconds, au contraire, vous rendront intact, et à votre première demande, ce que vous leur aurez confié; ils le défendront contre les voleurs, l'emporteront à travers les flammes, ou ils mourront auprès.

En 1811, sous le dernier gouvernement, M. Gesnelle, père de deux fils aussi distingués par leur éducation que par leur mérite, ayant eu le malheur d'en perdre un à l'armée, résolut d'arracher le second à cette conscription, ou plutôt à cette levée en masse qui se renouvellait à chaque instant de l'année. Dans cette intention, ayant chargé un homme d'affaires, nommé Duplein, en qui il avait une confiance illimitée, de vendre tout ce qu'il possédait de biens-fonds, et de réaliser sa fortune, il se rendit au

Hâvre *, avec son cher Henri, pour pro-
fiter de la première occasion qui s'offri-
rait de passer en Angleterre. Plusieurs
mois s'écoulèrent dans une attente cruelle,
car le jeune homme ayant atteint sa dix-
huitième année, pouvait être requis d'un
moment à l'autre, et aucune occasion de
fuir ne se présentait.

Un soir, ce bon père se promenant
avec son fils sur le bord de la mer, aperçoit un pêcheur dont la physionomie

---

* Le Hâvre-de-Grace, une des principales villes de la
Seine-Inférieure ; fondée par Louis XII, à l'embouchure
de la Seine ; fortifiée par François Ier, et munie d'une
citadelle aux frais du cardinal de Richelieu ; elle a un
port, un arsenal, et une préfecture maritime ; chef-
lieu de sous préfecture ; population 19,500 habitans ; à
douze lieues de Caen, dix-huit de Rouen, et cinquante
de Paris. Le Hâvre s'honore d'avoir vu naître MM. Ca-
simir Delavigne et Ancelot.

13.

annonçait la souffrance et le chagrin; il
l'aborde, l'interroge amicalement, et le
malheureux lui apprend bientôt en pleurant que les parens de celle qu'il aime ne
veulent pas la lui donner en mariage,
parce qu'il ne possède au monde que sa
barque et ses filets. Combien vous faut-
il? demande M. Gesnelle. — Mais beaucoup, cinq cents francs, mille francs, je
ne sais. — Eh bien! je vous en offre
quatre fois autant si vous voulez me rendre un service. — Ah! Monsieur, parlez!
que faut-il faire? — Je ne vous dissimu-
lerai pas d'abord qu'il y a du danger à
courir. — Je le braverai! — Il s'agit de
nous passer en Angleterre un soir de cette
semaine. — En Angleterre, Messieurs,
y pensez-vous? les côtes sont gardées la
nuit et le jour, et, en supposant encor

que ma barque échappât à la vue, échappera-t-elle à la violence de la mer? Il faut que vous soyez des malfaiteurs, des gens.... — Non, mon ami, je ne suis pas un malfaiteur, mais un malheureux père qui, après avoir perdu un fils, veut arracher celui qui lui reste à une mort presque certaine, à ces guerres continuelles livrées, non pour la gloire de la patrie, mais pour l'ambition d'un seul homme. Sers-nous, mon ami, et je te donne six mille francs.—J'accepte, quand partons nous?—Dans cinq jours, à minuit, nous serons sur ce même rivage. Je ne te cacherai pas à mon tour que tu t'exposes. Si nous sommes découverts on pourra te regarder comme contrebandier, comme servant un déserteur, et les lois sont d'une sévérité.... — Je m'exposerai à tout

pour avoir de l'argent, pour posséder
ma chère Claudine. — Eh bien! dans
cinq jours, à minuit. » On se sépara, et
M. Gesnelle, à peine rentré chez lui,
écrivit à l'homme d'affaires, possesseur
de sa fortune, de la lui faire passer sur
le champ. Il avait donné quelques pièces
d'or au pêcheur, et il ne lui restait à lui-
même que fort peu de chose. Il joignit à
sa lettre une décharge générale pour
M. Duplein, et elle partit. Quel fut son
étonnement, sa douleur, son indignation, quand, cinq jours après, il reçut de
Paris la réponse suivante :

« Monsieur,

« Je ne sais comment expliquer la nou-
« velle demande que vous venez de me

« faire des sommes que je vous ai remises
« et dont j'ai en main décharge valable. Si
« l'impossibilité où vous êtes d'arracher
« M. votre fils à ses devoirs envers son
« prince et sa patrie, a troublé votre rai-
« son, croyez que la mienne est très saine,
« et que je suis au désespoir d'être obligé,
« pour ne pas me compromettre, de cesser
« toute correspondance avec vous.»

D'après cette déclaration impertinente
et déloyale, le trop confiant M. Gesnelle,
n'espérant rien recouvrer, renonça à son
projet de quitter la France; il en fit aver-
tir le pêcheur, revint à Paris avec son
fils, qui lui fut bientôt enlevé, et il aurait traîné le reste de sa vie dans la douleur et la misère, si le retour de l'auguste
famille des Bourbons ne lui eût rendu

son cher Henri, et si un magistrat actif
et généreux, persuadé qu'il avait été
frauduleusement dépouillé, n'eût em-
ployé son crédit pour lui faire restituer
toute sa fortune.

Un exemple bien différent nous sera
fourni par un habitant de la malheureuse
ville qui, le 27 juillet 1825, fut la proie
d'un affreux incendie. On ignore encore
aujourd'hui quelle en fut la cause. Tous
ceux qui en avaient été accusés ont re-
poussé les soupçons qui s'élevaient sur
eux, ne voulant pas être regardés comme
les auteurs, par imprudence, de la des-
truction d'une cité entière, et de la ruine
de huit mille de leurs concitoyens. Quoiqu'il en soit, le feu se manifesta d'abord,
sur les deux heures, dans une maison située aux extrémités de la ville, du côté de

Dôle, et un vent du sud, qui souffla avec violence, le propagea bientôt au loin. En un instant l'embrasement fut général. Le fort Saint-André tira le canon d'alarme, les cloches de tous les villages environnans appelèrent du secours, c'était des torrens de pluie qu'il aurait fallu. La Furieuse, desséchée par les chaleurs brûlantes et continuelles qui avaient régné précédemment, ne put, ainsi que les puits, offrir d'eau aux pompiers et aux hommes valides de tout rang, de tout âge, aux magistrats comme aux artisans, réunis pour combattre le terrible fléau. Quel spectacle frappa bientôt tous les yeux! Ici des femmes échevelées, à demi-vêtues, emportant avec elles leurs enfans et ce qu'elles ont de plus précieux, poussent des cris lamentables, auxquels se joignent les hurlemens de plusieurs milliers d'animaux domestiques. Là un fils sauve son père malade ; plus loin des vieillards abandonnant péniblement le toit sous lequel ils ont vécu long-tems, s'efforcent de gagner la campagne ; en se retirant ils retournent plusieurs fois la tête, jusqu'à ce que leur ancienne demeure ait disparu dans les flammes. Ici on garde les prisonniers, dont on a brisé provisoirement les fers ; là, des pompiers, armés de haches et à moitié suffoqués par la fumée, abattent pour conserver, et font la part au feu ; mais il gagne tout, il veut tout dévorer.

Dans cette cruelle extrémité ; un notaire, déjà avancé en âge, apprend que son étude, où sont déposés quinze mille francs, des contrats, des inscriptions de

rente, des lettres de change, des billets
de banque appartenant à différentes
personnes, va être la proie des flammes, et, tandis que le feu va consum-
mer sa propre fortune, c'est celle des
autres qu'il aspire d'abord à sauver.
Malgré son épouse qui veut le retenir,
malgré les cris de ses enfans, il s'élance,
franchit tout ce qui s'oppose à son passage, et pénètre dans l'étude, à moitié
embrasée ; une poutre menace sa tête, il
n'en est pas effrayé ; un volcan est sous
ses pieds ; il poursuit ses recherches, et
bientôt sa famille le voit reparaître, tenant dans ses mains l'argent et les papiers
qui lui ont été confiés. Dieu soit loué !
s'écrie-t-il, j'ai fait mon devoir ; et, si
je suis ruiné moi-même, peut-être, ô ma
femme, ô mes chers enfans, trouverons-

nous maintenant quelque riche sensible
qui daignera nous donner du pain. A
peine avait-il ainsi parlé que sa maison
embrasée s'écroula avec fracas, et four-
nit de nouveaux alimens à l'incendie général.

En attendant que Salins *, nouveau

---

* Salins, petite et ancienne ville de la Franche-
Comté, faisant partie de l'arrondissement de Poligny,
département du Jura; à cent lieues de Paris, sept de
Besançon, quatre de Poligny; population 9,000 âmes.

Cette ville, qui tire son nom de ses nombreuses sa-
lines, est située entre deux montagnes escarpées, sur
les bords de la Furieuse. Elle possède, ou plutôt elle
possédait naguère un collége, une bibliothèque, un hôpital considérable, de belles casernes, et une salle de
spectacle, aussi commode que jolie.

Prise en 1479 par sire de Chaumont; en 1668 par
le duc de Luxembourg, et enfin le 22 juin 1674 par
M. de Lafeuillade, elle resta définitivement à la France
par le traité de Nimègue.

phénix, renaisse de sa cendre, d'après la volonté de notre auguste monarque, et par les secours généreux de tous les Français, espérons que l'honnête fonctionnaire public, dont nous venons de parler, sera appelé à occuper un emploi digne de lui.

Plût à Dieu que la clef des trésors de la France eût toujours été confiée à des mains aussi pures!

La Peste de Barcelonne.

————

Un mal terrible, affreux, épouvan-
table, la peste enfin avec toutes ses hor-
reurs avait frappé une partie de la Catalogne. Les malheureux habitans de Barcelonne* tombaient chaque jour sous ses
coups en aussi grand nombre que l'on
voit des glands tomber d'un chêne battu

---

* Barcelonne, belle, riche, forte et principale ville
d'Espagne, située sur la Méditerannée, à cent vingt
lieues de Madrid. Elle a un très beau port, une population de cent mille âmes, et un grand commerce.
Barcelonne est la capitale de la Catalogne.

par la tempête. Ni la puissance, ni la
fortune, ni la beauté, ni la jeunesse
ne pouvaient désarmer le monstre; le
port, les promenades et les rues de la
ville étaient encombrés de cadavres, à
qui aucune main généreuse ne daignait
accorder la sépulture. Auprès d'un père
mourant, était un fils privé de la vie.
Sur le sein de la mère on voyait encore l'enfant qu'elle allaitait avant de
succomber. Plus loin, un vieillard dé-
fendait à sa famille de l'approcher,
pour ne pas lui communiquer le mal
qui le dévorait. Mais, peine inutile! le
mal était dans l'air, dans les alimens;
il s'était même confondu avec les eaux
des puits, des ruisseaux, des fontaines
et de la mer environnante.

A la nouvelle que la peste avait été

apportée de la Havane * à Barcelonne
par un bâtiment négrier, tous les habitans de cette dernière ville se disposè-
rent à fuir avec leurs familles et ce qu'ils
avaient de plus précieux, mais presque
aussitôt un cordon de soldats armés les
cernèrent et les refoulèrent dans la ville
empestée, en leur disant : « Vous n'irez
pas plus loin, c'est ici que vous devez
mourir ! » De tous côtés le trépas est devant leurs yeux. La famine, compagne
ordinaire de la peste, augmente la désolation, et ces deux fléaux semblent

---

* La Havane, riche et grande ville de l'Amérique-
Septentrionale, dans l'île de Cuba. Elle a plusieurs
forts, une bonne garnison, et un port immense, capable de contenir mille vaisseaux, et de les mettre à
l'abri d'un coup de vent. Elle regarde la Floride, et
sert de rendez-vous aux flottes de l'Espagne.

se réunir pour faire de Barcelonne un
vaste cimetière. A tous momens les sons
de l'airain annoncent par un tintement
lugubre qu'un malheureux a cessé de
vivre, et la foule est si grande dans
les temples qu'ils ne peuvent plus la contenir. La crainte du danger a rendu tous
les hommes religieux. Celui qui doutait
naguère, croit maintenant; l'égoïste sent
son cœur s'attendrir, et le superbe s'hu-
milie. Le terrible fléau ne respecte rien,
et plusieurs sont frappés dans le sanc-
tuaire même où ils étaient venus adorer
Dieu. Déjà la jeune vierge n'a plus la
force de chanter les louanges du seigneur;
déjà le lévite et le prêtre sont tombés aux
pieds des autels. Alors on ferme les temples dont la réunion de tant de malades
a fait un lieu dangereux, et personne ne

jouit plus des secours consolateurs de la
religion. Les morts gissent pêle-mêle au
milieu des rues; et, par leurs exhalaisons
fétides, augmentent encore l'intensité du
mal. Il se déclare par une faiblesse ex-
traordinaire, jointe à un défaut de res-
piration. Une teinte jaune se répand sur
tout le corps. La fièvre brûle le sang.
Une soif ardente dévore le palais, aussi
voit-on des malades se traîner vers la
mer et s'y précipiter. Plus d'appétit,
plus de désirs, plus de sentimens généreux; car si l'on voit encore un fils secourir son père, une femme embrasser
son époux mourant, on en voit mille
qui s'éloignent d'eux et les abandonnent.

Cependant, Dieu n'a pas résolu la
mort de tous les habitans. A sa voix,
cinq généreux français, à qui un long

14.

travail et une grande expérience ont appris à guérir les maladies de l'humanité, demandent à se rendre à Barcelonne pour y étudier la nature du mal, et pour le combattre. Pariset, François, Oudouard, Bailly et Mazet partent donc, et ils arrivent dans la ville infectée, dans ces murs d'où tant d'autres voudraient pouvoir sortir. Sur leurs pas aussi ont marché deux de ces femmes, ou plutôt de ces anges qui, faisant une entière abnégation d'elles-mêmes, consacrent leur vie à Dieu, et qui, ensevelies dans un hôpital, mettent leur bonheur à soulager les autres, à servir les malades. Rien ne les rebute, rien ne les dégoûte, ni les plaies, ni les infirmités de toute espèce, car elles ne travaillent pas pour la gloire de la terre, mais pour le ciel.

A l'arrivée des médecins et des sœurs
à Barcelonne, l'espoir renaît chez ceux
qui ont échappé au fléau. Plusieurs
habitans se dévouent même avec eux
pour le salut commun. On creuse des
fosses profondes; on y tire avec des cor-
des les cadavres exposés dans la rue,
et on les couvre de terre. Les magistrats ressaisissent leur pouvoir; les ma-
gasins se rouvrent; des vivres frais arrivent; on purifie l'air extérieur par de
grands feux; l'encens brûle au-dedans
des maisons. Les malades restent chez
eux, où on leur porte ce qui leur est né-
cessaire. Les médecins se répandent partout, ils voient tout, et déjà, par eux,
la violence du mal diminue. Ils ne prennent aucun repos pendant le jour, et la
nuit ils se communiquent les observa-

tions qu'ils ont faites. Ils sont accessibles
à toutes les demandes; ils se rendent
dans le grenier du pauvre avec le même
empressement que dans le palais du riche.
Ils tâtent le pouls, l'estomac de chacun
d'eux, et bravent mille fois la mort dans
une seule journée. Les sœurs les suivent
partout, et servent avec zèle les plus
malades et les plus malheureux. Aux secours corporels elles en joignent de plus
efficaces encore, qu'elles puisent dans
leur religion. Enfin on voit tous les efforts couronnés de succès. Les familles
se rapprochent, le fils embrasse son
père, l'épouse son époux. On rouvre les
temples, et l'on y entonne l'hymne de la
reconnaissance.

Cependant le terrible fléau veut avant
de céder frapper encore une tête pré-

cieuse, et c'est Mazet qu'il choisit pour
sa victime. On dirait qu'il veut le punir
des efforts qu'il a faits pour le combattre.
La fièvre s'empare aussitôt de Mazet, une
teinte jaune se répand sur sa figure et
sur son corps ; un sang noirâtre sort par
ses oreilles, par sa bouche, et, bien loin
de pouvoir secourir les autres, c'est lui
qui a maintenant besoin de secours. Les
sœurs le veillent l'une après l'autre. Ses
généreux amis ne le quittent pas ; ils
entourent continuellement son lit, et
cherchent à lui faire concevoir une espérance qu'ils ne conçoivent plus eux-mêmes ; mais c'est envain, Mazet sent que
sa dernière heure est venue. Le bruit du
danger qu'il court se répand bientôt dans
la ville, et soudain des milliers d'Espagnols, femmes, vieillards, enfans, se pré-

sentent pour voir celui qui leur a rendu
un père, un fils, un époux. On les introduit les uns après les autres pour ne
pas fatiguer le malade, et tous se reti-
rent édifiés et les larmes aux yeux. Enfin
le danger augmente encore ; le frisson,
avant-coureur de la mort, a saisi le jeune
médecin, et il n'a plus qu'un instant à
vivre. Il ne s'abuse pas sur son état, il le
connaît, et bientôt s'adressant à ses col-
légues, à ses amis, à ses chers compatriotes : « Je vais mourir, leur dit-il avec
émotion ; tout votre art, tous vos soins,
tout votre zèle sont inutiles. Je vous re-
mercie de ce que vous avez fait pour moi,
et maintenant je vais vous demander
une dernière grâce. Vous allez revoir la
France, vous reverrez sans moi la patrie!
A votre arrivée, allez trouver ma mère,

mes sœurs, et prodiguez-leur des consolations. Elles fondaient sur moi l'espoir
de leur existence, de leur félicité, tenez-
leur lieu du fils et du frère que bientôt
elles auront perdu. Vous me le promet-
tez, n'est-il pas vrai? mes amis, je le vois
à vos larmes, à l'attendrissement de vos
cœurs. Adieu! je quitte maintenant la
vie avec moins de peine, puisque vous
me remplacerez auprès des êtres que
la nature m'avait donnés à aimer. Je
n'ai fait que passer sur la terre, puisse
mon passage n'avoir été signalé que
par le bien. Adieu ma patrie! adieu
ma mère, mes sœurs! et vous Pariset,
François, Oudouard, Bailly, adieu!
adieu aussi, anges de paix et de conso-
lation, dont la charité est sans bornes,
dont la vertu est exemplaire, dont les

15

mérites sont puissans, priez pour moi ! »

Il se tut, sembla se recueillir un instant, et cessa d'exister. Le lendemain, ses amis et les personnes qu'il avait sauvées pleuraient encore, les sœurs seules ne pleuraient pas, elles priaient.

La Prise de Constantinople.

Après avoir mis tout à feu et à sang en Arcadie, en Thrace, en Romanie; après avoir ravagé les territoires de Tégée et de Mantinée, Mahomet se présente le 2 avril 1453 avec trois cent mille hommes devant les murs de Constantinople (1) et établit son pavillon vis-à-

* Constantinople, l'une des plus grandes et des plus célèbres villes de l'Europe, capitale de l'empire turc, sur le détroit qui joint la mer de Marmara à la mer Noire, et sépare l'Europe de l'Asie. Population sept cent mille âmes. Le nom de Porte-Ottomane a été donné à

15.

vis la porte Saint-Romain. Ses troupes d'Asie campent à sa droite, celles d'Europe à sa gauche, et bientôt deux cents trirèmes et autant de petits bâtimens viennent bloquer la ville, par mer, et intercepter les vivres et les secours. Les assiégés déploient la grosse chaîne de fer qui servait à fermer le port et se trouvent à l'abri de toute surprise de ce côté. Il n'en était pas de même du côté de la terre; le malheureux empereur des chré-

l'empire, de la porte immense qui sert d'entrée au sérail. Le port de Constantinople, formé d'un bras de mer qui s'avance entre la ville et le superbe faubourg de Galata, est l'un des plus beaux et des plus sûrs du monde. L'ancienne Bysance fait partie de la nouvelle ville. Il y a à Constantinople des mosquées magnifiques, parmi lesquelles se distingue celle de Sainte-Sophie.

Les ambassadeurs et les européens habitent presque tous Péra, faubourg voisin de Galata.

tiens se trouvait renfermé dans sa capitale avec quatre mille neuf cents grecs seulement, disposés à combattre, et environ deux mille étrangers. Dès les premières invasions de Mahomet il avait imploré l'assistance de l'Italie, de la France, de l'Espagne; mais ces nations chrétiennes restèrent sourdes à l'appel d'un chrétien, et les républiques de Gênes et de Venise, l'île de Crète envoyèrent seules quelques vaisseaux.

Le troisième jour même du siége une vaste tranchée fut ouverte dans les murs, mais la nuit vint, et les Grecs en profitèrent pour la réparer. Mahomet, furieux de cette disposition à se défendre, ordonne l'assaut pour le lendemain. Aussitôt on jette dans les fossés tout ce qui se présente; les travailleurs même qui y tombent, sont écrasés par les masses de terre, d'arbres, de pierres qu'on y précipite; on approche des bastions, des tours; on prépare des feux grégeois et, chose incroyable, les vaisseaux, rendus inutiles par la solide chaîne de fer qui leur fermait l'entrée du port, sont tirés à terre, et roulés à une grande distance, où ils sont remis à flot avec succès.

Pendant cette dernière opération, les Grecs ne restèrent pas dans l'inactivité. Leurs généraux Juliani, Notaras, Démétrius, Nicéphore et Théophile détruisirent les tours et les bastions, vidèrent les fossés, construisirent un second mur de défense et Constantin, lui même, vint se mêler aux travailleurs. Ne souffrons pas, leur disait-il, que des barbares des-

cendus du mont Caucase (1) viennent
nous imposer une religion et des lois!
Montrons-nous les descendans de ces
Grecs qui ont combattu à Salamines (2),

* Le Caucase, en Asie, est formé d'une grande chaîne
de montagnes qui court d'Orient en Occident, entre la
mer Noire et la mer Caspienne, dans un espace d'environ soixante-quinze milles, sur un de largeur. Le sommet de chaque pic est continuellement couvert de glace,
les flancs, dans la partie du milieu, jouissent d'une tem-
pérature variable, tandis qu'aux pieds règne un printems perpétuel.

Les habitans du Caucase sont d'un beau sang; ils
prennent le nom de Suanes, Abacasses, Alans, Circasses,
Ziques, Caracolis, et sont presque tous chrétiens aujour-
d'hui. Ils commercent entr'eux, mais seulement par
échange.

** Sous le commandement de Thémistocle, quelques
vaisseaux grecs détruisirent par le fer et le feu la flotte
immense des Perses, engagée dans le détroit de Salamines.

et qui sont morts aux Thermopyles*!
Nous avons à défendre comme eux la
patrie, nos femmes et nos enfans, et
de plus qu'eux, la croix qui surmonte
nos temples : jurons tous de mourir
avant de la voir remplacée par le
croissant!

Le cardinal Isidore, légat de Nicolas V,
seconda ces généreuses dispositions, et
les assiégés allèrent, après leurs travaux,
au temple de sainte Sophie implorer le
secours de celui devant la simple volonté
duquel les armées les plus nombreuses

---

* Deux cent mille Perses, armés contre la liberté
de la Grèce, se disposaient à envahir ce pays, mais Léo-
nidas, placé sur les hauteurs des Thermopyles avec
trois cents Spartiates, décidés comme lui à mourir ou à
sauver la patrie, arrêta leur marche, et la Grèce con-
serva sa liberté.

disparaissent comme un léger nuage.

Cependant quand les Grecs virent le lendemain la flotte transportée dans le port, leur surprise fut aussi grande que leur découragement fut général. Ils ne pouvaient comprendre ce qui s'était passé et, sans Juliani qui jura d'incendier les vaisseaux avant la fin du jour, ils auraient, dans leur désespoir, ouvert leurs portes au vainqueur. A l'appel du général pour ce hardi coup de main cinquante jeunes gens, disposés à mourir ou à sauver la patrie, se présentent, et, c'en était fait de la flotte, sans la trahison d'un Génois.

Mahomet ne fut pas moins surpris des travaux des assiégés qu'ils ne le furent eux-mêmes de ceux des assiégeans , et , par un évènement

heureux pour les Grecs, l'amour vint
s'emparer du cœur de ce farouche conquérant. Une jeune captive grecque, la
belle Irène, eut cette gloire à laquelle
elle était loin d'aspirer, et, pendant
vingt sept jours, elle vit Mahomet à ses
pieds. Ce nouvel Hercule avait trouvé
une autre Omphale, et son esclave lui
donnait des lois. Couché tout le jour
dans sa tente, il oubliait la gloire des
combats, et cette insouciance, inexpli-
cable pour les Grecs, leur faisait espérer une prompte levée du siége.

Cependant les troupes d'Asie mur-
murent; elles manquent de vivres et elles
savent qu'il y en a dans la ville. Mahomet leur a promis le sang et les richesses
des habitans, et elles ont soif de l'un
et des autres. Quoi! disent-elles, venir

de si loin, et à marches forcées, pour
rester ensuite dans l'inaction ! laisser
vivre des chrétiens quand notre dieu
nous fait une loi de les exterminer! Nous
ne sommes pas amoureux, nous, comme
le fils dégénéré d'Amurat, et nous vou-
lons combattre. Ces plaintes sont rap-
portées à Mahomet, et, sur-le-champ
assemblant ses troupes, il paraît devant
elles avec la malheureuse Irène. Soldats,
dit-il, en écartant le voile de la jeune
esclave, contemplez la beauté de celle
qui me captive et jugez si ma faiblesse
n'est pas excusable. Cependant ne croyez
pas que votre chef oublie l'honneur et
la gloire ; Mahomet a de l'empire sur
ses passions, et, pour vous le prouver,
je vous sacrifie Irène ; à ces mots il tire
son cimeterre et tranche la tête de la

jeune Grecque. Eh bien! êtes vous sa-
tisfaits? poursuit-il ensuite avec rage;
voyez, soldats rebelles, à quelle extrémité vous m'avez porté! malheur à celui qui murmurera dorénavant un seul
mot de mécontentement, ce fer m'en
fera raison! retirez-vous dans vos camps;
demain, au point du jour, j'en jure par
quatre mille prophètes, par mon cimeterre, par l'âme d'Amurat, nous pren-
drons Constantinople ou nous périrons
tous aux pieds de ses remparts. Il dit,
et chacun se retira dans ses quartiers.

Le bruit que fit cette revue de troupes, le mouvement qui régna dans le
camp ennemi vint encore apprendre
aux Grecs qu'ils n'étaient pas hors de
danger. La nuit se passa dans des inquiétudes cruelles, et à peine l'aurore vint

colorer l'Orient de ses premiers feux que
les clairons des barbares sonnèrent l'at-
taque. Constantin vole aussitôt à la porte
Saint-Romain où les Turcs paraissaient
diriger leurs efforts et le combat s'engagea. L'empereur est soutenu dans ce
poste par Justiniani et trois cents Génois.
Le cardinal légat défend avec des Italiens la pointe de Saint-Démétrius. Le
grand duc Notaras et les gens de l'île
de Candie défendent les portes Agia et
Horea, et la garde du palais, de l'impératrice et de ses augustes enfans est confiée
au vénitien Minotto. Le reste des troupes
et tous les ecclésiastiques sont sur la
brèche où ils tombent les uns après les
autres en criant : Gloire au Seigneur!

Cependant un carnage horrible a lieu
à la porte Saint-Romain. On combat de

part et d'autre avec acharnement; la victoire est long-tems douteuse, mais bientôt l'empereur blessé ne peut plus se
soutenir et on le reporte dans son palais
qu'il trouve plongé dans la plus grande
inquiétude.

A la vue de son époux et de leur
père mourant, Sophia et ses enfans
poussent des cris lamentables. Les sui-
vantes ne peuvent ni les secourir, ni les
consoler. On s'agite, on court sans savoir où l'on va, on se heurte les uns les
autres; on se parle sans se comprendre,
et bientôt la terreur redoubla encore en
apprenant que l'ennemi a déjà pénétré
par une porte de la ville. A cette nouvelle, l'impératrice ne se connaît plus;
la pensée que de reine elle va devenir
esclave indigne sa grande âme, et tout à

coup, pâle, échevelée, tremblante elle
saisit ses deux enfans, monte sur la té-
rasse de son palais et s'en précipite avec
eux. Cependant la blessure de l'empereur
a été pansée; il souffre moins et bientôt
même il demande à embrasser encore
une fois son épouse et ses enfans avant
de retourner combattre. Qu'apprend-il!
Sophia, ses enfans, tous ont cessé de
vivre. Eh bien! mourons, dit-il, à mon
tour; mais que mon bras soit encore
terrible à mes ennemis, et il se rend de
nouveau à la porte Saint-Romain où il
voit Justiniani étendu sans vie au milieu
des siens.

A la vue de leur empereur les chrétiens reprennent courage, les fuyards
reviennent; une grêle de pierres, de
balles, de flèches voilent le Ciel aux

combattans, et les Turcs, les Grecs, les morts, les blessés tombent les uns sur les autres. Cependant le nombre et Mahomet qui arrive dans ce lieu fixent enfin la victoire. La ville est prise de tous côtés; l'empereur des chrétiens périt les armes à la main sur les débris de son empire, et le farouche conquérant, après avoir laissé piller Constantinople par sa cruelle soldatesque, y entre sur les cadavres de soixante quinze mille habitans

Depuis ce jour, les Grecs sont outragés, accablés d'impôts, de misères, de chaînes et le croissant brille sur le dôme de Sainte-Sophie *.

* Constantinople fut pris par Mahomet II le 29 mai 1453.

FIN DES CONTES.

NOUVELLES.

16

NOUVELLES.

La Pauvre aveugle*.

LE soleil échauffe la terre ;
Les oiseaux fêtent son retour.
Prends mon bras, viens, ma pauvre mère,
Te ranimer aux feux du jour.
Tu ne vois plus, ô quel dommage !
Mais hélas ! depuis ton malheur
Ton fils t'aime encor davantage ;
Sa pauvre mère a tout son cœur.

* Cette nouvelle, mise en musique par Lafont, se trouve
chez Pacini, éditeur, boulevard des Italiens, n° 11.

16.

On dit qu'à Paris la grand'ville,
Bien loin de nos pays perdus,
Il est un médecin habile
Qui fait voir ceux qui ne voient plus.
J'irai le trouver, et j'espère
L'intéresser à ton malheur.
Ah ! s'il rend la vue à ma mère ,
Il rendra la joie à mon cœur.

Mon fils , dans le siècle où nous sommes
Pour rien on ne fait un seul pas.
C'est de l'argent qu'il faut aux hommes ,
Et tu sais que je n'en ai pas.
— Eh bien ! j'en gagnerai, j'espère ,
Et je l'offrirai de bon cœur
A qui voudra guérir ma mère,
Car ma mère est tout mon bonheur '

*Je portais dans les champs ma
triste rêverie.*

Gabriel sculp.

La Vaccine [*]

Un mal contagieux, terrible en sa fureur,
Qui frappe sans pitié, dans les bras d'une mère,
 Le jeune enfant cher à son cœur,
 La fille dont elle était fière ;
Un fléau qui se plaît à flétrir la beauté,
Ou condamne à souffrir la triste humanité,
 Régnait en maître sur la terre.
L'art n'offrait contre lui que de trop vains secours,
 Et, dans la superbe Angleterre,
Un savant médecin, d'une fille bien chère
 L'avait vu trancher les beaux jours.
Une autre lui restait; mais de nouveaux ravages
 Faisaient trembler ce père malheureux,
Quand un soir, de Berkley quittant les pâturages,
 Il entre chez lui radieux.

[*] Extrait d'un Recueil d'hommages du même auteur.

« Non tu ne mourras point, mon aimable Isabelle!

  « Du monstre je défie à présent la fureur.

  « Ne crains plus rien, tu seras toujours belle,

    « J'ai trouvé ton sauveur! »

Il dit, donne un baiser à sa fille attendrie,

Et lui peint en ces mots sa joie et son bonheur :

  « Je portais dans les champs ma triste rèverie....

    « En proie aux plus vives douleurs ;

  « Une génisse alors errait dans la prairie,

  « Dédaignant les ruisseaux, le gazon et les fleurs.

  « Étonné, j'interroge un de ses conducteurs,

  « Et j'apprends que ses doigts, en pressant sa mamelle,

  « Ont gagné des boutons, heureux préservateurs

  « Du fléau dont frémit mon âme paternelle.

  « Le voici, mon enfant, ce virus précieux! »

    Il se tait, vaccine Isabelle,

Et tous deux à genoux rendent grâces aux dieux.

    Mais ce secret miraculeux,

Au canton de Berkley bornait ses fruits heureux,

Quand un sage, un Français, que nos guerres civiles
Forçaient d'aller chercher des pénates tranquilles
   Loin du séjour de ses nobles aïeux,
Vit Jenner, admira sa profonde science;
   Et lorsqu'enfin, contre toute espérance,
L'ordre vint succéder à l'horrible licence,
     Le calme à des jours orageux,
     Liancourt reparut en France
     Pour y faire encor des heureux.

« Oui, dit-il, oui, Français, je viens finir ma vie
    « Au berceau de mes jeunes ans;
    « Je viens dans ma chère patrie
    « Jouir encor d'un beau printems.
« Vos fils sont moissonnés, dès la plus tendre enfance,
    « Par le plus triste des fléaux,
« J'apporte, bons parens, un remède à vos maux :
    « Je fus proscrit, il sera ma vengeance! »

Aussitôt il remet un vaccin précieux
    A douze amis de la science *,
Et le tems a prouvé ses effets merveilleux.

   * Les douze médecins composant le Comité qui a pro-

Ah! reçois le tribut de la reconnaissance,
Immortel Liancourt, sauveur de nos enfans,
    Noble soutien des indigens;
Toi que naguère on vit combattre l'ignorance,
Présider aux beaux arts comme à la bienfaisance;
    Descendre dans les noirs cachots,
Rappeler la vertu par ta seule présence,
Et faire au malheureux oublier toús ses maux.
On cherche ta statue à Paris, dans la France,
Mais du sculpteur encore elle attend les ciseaux!

pagé gratuitement, et pendant vingt-trois ans la vaccine dans presque toute l'Europe, sont MM. De la Roche, Doussin-Dubreuil, Guillotin, Husson, Jadelot, J.-J. Le Roux, Marin, Mongenot, Parfait, Pinel, Salmade, Thouret.

                                      (*Moniteur.*)

Le Charme.

Le charme est la fleur du bocage
Qui frémit au souffle des vents;
C'est un vieillard courbé par l'âge
Qui bénit ses jeunes enfans.
C'est le ruisseau de la prairie,
L'oiseau nourissant ses petits;
C'est le doux regard d'une amie,
C'est le premier baiser d'un fils.

Le charme est contre un roc sauvage
L'éternel brisement des flots;
C'est le calme après un orage,
Après la peine un doux repos;
C'est le vaisseau fier de ses voiles
Fendant l'Océan à grand bruit;
C'est un ciel parsemé d'étoiles;
Un beau matin, un jour qui fuit.

17

Le charme est de voir la richesse
Aller au-devant du malheur;
C'est le conseil de la sagesse
Calmant les orages d'un cœur;
C'est l'abeille qui se repose
D'un travail qui fit ses plaisirs;
C'est le papillon sur la rose
Que balancent les doux zéphirs.

Le charme est de voir la patrie
Après un long tems de malheur;
D'embrasser sa mère chérie
Et de la presser sur son cœur.
C'est le sommeil de l'innocence,
C'est l'aspect d'un homme de bien,
C'est le premier pas de l'enfance,
C'est le dernier jour d'un chrétien.

Les Sourds-Muets

AU TOMBEAU

de l'Abbé Sicard *.

—

« Cours, stupide vulgaire, admirer les tombeaux
« Du tyran sans vertu, du conquérant barbare!
« Prosterne-toi devant le marbre de Carrare
« Qui semble encor servir de palais à leurs os !

   « Moi, je vais baiser l'humble pierre
   « Sous laquelle dorment en paix,
   « Le bon époux, le tendre père,
   « L'homme adoré pour ses bienfaits;

* Extrait d'un Recueil d'hommages du même auteur.

17.

« Et, quand d'une douleur profonde
« J'aurai payé les doux tributs,
« Je retournerai dans le monde
« Y ressusciter leurs vertus. »

Ainsi parlait, un jour que dans un cimetière
    J'errais au milieu des tombeaux,
Un vieillard prosterné devant une humble pierre
Qu'un funèbre cyprès couvrait de ses rameaux.
    Je l'aborde : « Auriez-vous, mon père,
    « Lui dis-je, à pleurer en ces lieux
    « L'épouse qui vous était chère,
    « Un fils, un ami généreux ?
    « Non, répond-il, une autre cause
    « Ici fait parler mes douleurs ;
    « C'est ici que Sicard repose
    « Écoute, et confondons nos pleurs.

« Il est des malheureux qui n'ont reçu la vie
« Que pour souffrir ici-bas sans retour ;
    « Jamais d'une mère chérie
« Leurs oreilles n'ont pu saisir l'accent d'amour,
« Et leur bouche jamais n'a pu dire : Je t'aime,

« A ceux dont ils tiennent le jour.

« Mon fils fut de ce nombre ; ô peine affreuse, extrême !

« Que deviendra mon fils ? sera-t-il vertueux,

« Ami de son prochain, sensible, généreux ?

« Ou, toujours dominé par un noir caractère,

« De la société sera-t-il le fléau ?

« A Sparte il eût tombé sous la main d'un bourreau,

« Mais en France il vivra, Sicard sera son père !

« Il le fut en effet ; par un art merveilleux

« Le sage l'instruisit, lui dit : Il est aux cieux

« Un maître tout-puissant, d'une gloire infinie,

« Adore-le, chéris ton prince, ta patrie ;

« Sois bienfaisant, sois juste, et tu seras heureux,

« Car la vertu suffit au bonheur de la vie.

« Mon fils sut le comprendre, et fut moins malheureux :

« Mais celui qui faisait tant de bien sur la terre,

  « A fini sa noble carrière.

« Son âme est rayonnante au céleste séjour,

  « Et son corps gît sous cette pierre.

« C'est aujourd'hui sa fête, attends la fin du jour,

« Et tu verras que ceux dont il soigna l'enfance

  « Ont un cœur capable d'amour. »

Le bon vieillard se tut. Bientôt d'une éminence
    J'aperçois descendre à pas lents ,
    Un cortège de jeunes gens ;
Il approche de nous , et la modeste pierre
Se parfume soudain des trésors du printems.
    L'un jette une rose éphémère ,
    L'autre un laurier qui vit long-tems.

Mais un d'eux va parler sur la tombe du sage !
Il s'avance, écoutons !... Quel est donc son langage ?
    Le geste lui tient lieu d'accens.
    Peint-il la joie ou les alarmes ,
La mémoire du cœur * , les plus doux sentimens ?
Je n'en puis rien saisir , et tous fondent en larmes.

Bientôt, pour exprimer une égale douleur ,
    Devant la tombe un second se présente ;
    Il ne dit rien, mais, d'une main tremblante,
Il y grave ces vers échappés de son cœur :

    * On se rappelle que c'est ainsi que Massieu, élève de
l'abbé Sicard, a défini la reconnaissance.

« De l'Épée et Sicard, agréez notre hommage ;

« La nature sur nous épuisa ses rigueurs,

   « Mais Dieu vous dit : allez sécher leurs pleurs !

   « Et vous avez rempli votre message. »

Le Rêve du Pauvre *.

L'homme qui sur ce banc de pierre
Fit tantôt parler ses douleurs,
Dans les bras d'un sommeil prospère
Maintenant goûte le bonheur.
Il est riche, il plaint, il soulage
Ceux qu'il voit souffrir ici bas.
La joie anime son visage,
Vous qui passez, ne le réveillez pas.

Naguère encor sa dent avide
Brisait quelques morceaux de pain.
Il a bu l'onde peu limpide,
Que venait de puiser sa main.

* Ces strophes, mises en musique par Pacini, se vendent
chez l'auteur, boulevard des Italiens, n° 11.

Mais à l'instant il est à table,
Entouré de mets délicats,
Il savoure un vin délectable,
Vous qui passez, ne le réveillez pas!

Il n'avait, dans son indigence,
Parens, amis, ni protecteurs.
Dans sa case, à ses yeux immense,
Nulle main n'essuyait ses pleurs.
A présent il est en famille
Et tout lui sourit ici bas;
Il embrasse un fils, une fille....
Vous qui passez, ne le réveillez pas!

Mais l'or en a fait sa conquête
Et gâté son cœur généreux;
Chez les grands il courbe la tête,
La dresse auprès des malheureux.
La soif des honneurs le dévore,
A tout il prétend parvenir;
Il a beaucoup, veut plus encore....
Réveillez-le, passans, pour le punir!

Hommage à Gros.

QUEL est cet art miraculeux,
Qui tout-à-coup ressuscite à mes yeux
Le vainqueur d'Attila, la vierge de Nanterre,
Et ces antiques rois, dont la noble poussière
De Saint-Denis illustre les tombeaux?
C'est celui de David, de Girodet, de Gros * !
Quels sont donc leurs secrets, leurs charmes, leur magie?
Ce sont des couleurs, des pinceaux . . . .
Mais que dis-je? c'est le génie!

Oui, voilà bien le Sicambre orgueilleux,
Qui, vainqueur d'ennemis nombreux,
En invoquant l'être suprème,
Sous l'onde sainte du baptême
Courba son chef majestueux.

* L'auteur regrette de ne pouvoir ajouter ici les noms
de MM. Gérard, Guérin, Horace-Vernet, etc.

Je reconnais bien là cette timide épouse,
　　　Qui, jalouse d'avoir sa main,
　　　Fut encor beaucoup plus jalouse
　　　D'avoir pour époux un chrétien.

Ici, c'est le grand roi qu'aux tems de barbarie
　　　L'on vit rassembler les savans,
　　　Ét qui leur dit : par vos talens
　　　Soyez l'honneur de la patrie !
　　　Les Saxons par lui sont vaincus,
　　　La paix vient consoler la terre
Et Charles fait bénir, par ses hautes vertus,
Un nom qu'il avait fait redouter dans la guerre.

　Je vois plus loin le monarque pieux
Qui rendait la justice à ses peuples heureux
　　　Sous les ombrages de Vincennes.
　　　Un jour, sur des rives lointaines,
　　　La fortune trahit ses vœux ;
　　　Mais Louis fut grand dans les chaines,
　　　Comme au trône de ses aïeux ;
Et le Nil l'eût vu roi de ses riches domaines,
S'il n'eût pas refusé d'encenser ses faux-dieux.

Mais, ô ciel! détournons la tête!
J'ai distingué le moderne Titus
   Qui, dans une horrible tempête,
   Disparut comme Romulus. . . .
   J'ai vu sa famille en alarmes,
   J'ai vu la beauté, les vertus. . . .
   Et mes yeux sont baignés de larmes.

Oui, voilà bien cet auguste Nestor,
   Qui fut exilé par le crime,
   Et qui revint grand, magnanime,
   Recommencer le siècle d'or.
   Il tient, d'une main affermie,
   Le sceptre et le pacte immortel
   Qui doit, de tout malheur réel,
   Mettre à couvert la monarchie.
   Près de lui, sa nièce chérie
   Fixe le sage d'Andudjard;
La fille de Berry semble pleurer son père,
   Et Bordeaux sourit à sa mère,
   Qui sur lui jette un doux regard.

Salut au roi chéri, modéré, ferme et sage,
Dont j'aperçois enfin la vénérable image!

La bonté, la douceur respirent dans ses traits;
Il semble, pour se faire adorer des Français,
    Avoir du Ciel reçu tout en partage.

Oui, quiconque verra ces magiques tableaux
    S'écriera, l'âme ravie :
Gloire à l'art de David, de Girodet, de Gros!
    Gloire au talent, gloire au génie !

Il mourra, de Scio je serai le vengeur.

Gabriel sculp.

Hommage à Canaris.

Vois cette terre aride, inculte, malheureuse,
  Où ne croît plus que la ronce épineuse,
Où ne règne aujourd'hui que l'horreur des tombeaux !
C'est Scio ! — Quoi ! cette île autrefois populeuse,
Aux champs verts d'oliviers, aux fertiles coteaux ?
— Elle-même ! distingue Ipsara non loin d'elle !
— Ipsara !... — Voyageur, garde-toi de frémir !
  Et connais la gloire immortelle
  Dont elle vient de se couvrir.

Sur ses âpres rochers, vieux enfans de la terre,
  Veillaient un soir les Albanais,
Quand les Turcs, secondés par la brise légère
Arrivent, et dans l'île ont un facile accès.

Soudain, le carnage commence;
Les prêtres, les enfans, les femmes, les vieillards
Tombent en opposant des pleurs pour résistance.
Le guerrier fuit avec ses étendards;
La jeune vierge, arrachée à sa mère,
Du vainqueur devient prisonnière
Et demande la mort qu'il refuse à ses vœux.
Les enfans épargnés iront loin de leur père
Vivre sous d'autres lois, adorer d'autres Dieu :
Et bientôt la contrée entière
Dans ses vallons, sur ses coteaux,
N'offrira plus à l'œil qu'un vaste cimetière.
O ciel, daigne éloigner ces maux!

Un fort où se retire une troupe guerrière
Est à peine entouré de nombreux musulmans
Que soudain la poudre enflammée
Fait sauter dans les airs, assiégés, assiégeans.

De Grecs fuyards bientôt se compose une armée;
Le vainqueur effrayé de son brusque retour
Vers ses vaisseaux se retire à son tour,
Mais Canaris le suit; altéré de vengeance,
Sur un brûlot, fièrement il s'élance,

Et cherche le pacha des yeux.
Apercevant enfin la royale bannière
Sur le mât d'un vaisseau s'agiter dans les cieux.

« Le voilà ! se dit-il, le voilà ce barbare
      « Dont les exploits sont dégoûtans
      « Du sang des femmes, des enfans !
   « Je franchirai tout ce qui m'en sépare !
« Il mourra ! de Scio je serai le vengeur ! »

   Il avait dit. Dans la flotte ennemie
Aussitôt il s'engage, et d'une main hardie,
      Dirige un brûlot destructeur.
      La mitraille pleut sur sa tête ;
On veut le repousser, mais efforts impuissans !
Le héros avec calme affronte la tempête,
      Comme un rocher brave les vents.

Le feu déjà lancé commence son ravage ;
L'intrépide marin regagne le rivage,
Et bientôt du Pacha le navire à trois mâts
S'enflamme et dans les airs éclate avec fracas.
      Au loin se répand l'incendie ;
La mer est toute en feu ; les débris des vaisseaux,

18

Des armes, des soldats; les cris des matelots,
　　Même à l'âme la plus hardie
　　N'offrent qu'une superbe horreur.
Quelques Turcs mutilés conjurent le vainqueur
De leur tendre la main, de leur sauver la vie,
Et le chrétien secourt des vaincus malheureux.
Le combat est fini, la flotte anéantie;
Le brave Canaris a sauvé sa patrie.
Ét quand l'Ipsariote, en ses transports joyeux,
S'apprête à l'accueillir avec magnificence,
Le vainqueur se dérobe à sa reconnaissance,
Et, plein d'humilité, court au pied de la croix
Faire hommage au Très-Haut de ses nobles exploits.

Hommage à Jeanne d'Arc,

A L'OCCASION DE SA FÊTE,

célébrée le 8 mai à Orléans.

———————

Vierge de Vaucouleurs, intrépide amazone,
Qui rendis à ton roi son sceptre et sa couronne;
Jeanne, qui fis trembler le léopard cruel
Et relevas des lys l'honneur et la puissance,
Reçois le doux tribut de la reconnaissance,
   Reçois notre encens solennel !

Ah ! qui pouvait prévoir, lorsque dans la prairie,
Heureuse, tu paissais le troupeau paternel,
Qu'à vingt ans le trépas, digne du criminel,
   Couronnerait ta glorieuse vie?
A tes juges, que dis-je ? aux infâmes bourreaux,

18.

Qui, vendus à l'Anglais, t'accusaient de magie,
    Tu pouvais adresser ces mots :

« Dieu donne les talens, la force et la puissance;
    « Souvent il se sert du roseau

« Pour renverser le cèdre ; et, pour sauver la France,
    « Il a choisi la fille du hameau.

« J'avais promis beaucoup, j'ai tenu mes promesses.

« Orléans n'entend plus aux pieds de ses remparts
    « Mugir les léopards;

« Patay, Beaugency, Meung et vingt cités traîtresses,

« Ont vu de l'ennemi les nombreux bataillons,
    « Ainsi que ses grands capitaines

    « Battus, chassés, frémissans dans nos chaînes
    « Ou renversés dans nos sillons.

« Poitiers, Tours, Blois, Amiens nous ont ouvert leurs portes,

« Et Charles, notre jeune et trop malheureux roi,

« Conduit enfin à Rheims par nos braves cohortes

« A reçu l'huile sainte, et reconquis par moi

« Son royaume, ses droits, son rang, ses priviléges....

« Ces faits vous sont connus, tels sont mes sortilèges! »

Mais quoi ! j'entends déjà tes horribles bourreaux
    Te condamner, dans leur délire,

A joindre aux lauriers des héros
La noble palme du martyre.
Ne crains rien cependant ; contre leurs noirs complots
Ton roi reconnaissant défendra ta personne.
Quand le voyant enfin remonté sur son trône
Tu voulus retourner auprès de tes agneaux,
« Vous, Jeanne, te dit-il, redevenir bergère,
« Quand de brillans destins vous restent à remplir !
« Non, combattez encore ! à la fin de la guerre
« Mon palais deviendra votre digne chaumière,
    « Par vos vertus vous saurez l'embellir ! »

Tu cédas ; mais depuis qu'il te sait prisonnière
Que fait Charles pour toi contre ton ennemi ?
Hélas ! heureux auprès d'une noble maîtresse,
    L'ingrat abandonne et délaisse
    La bergère de Domremi.

    Tu mourras donc, innocente victime ?
Tes exploits, ta vertu, tes talens sont un crime,
Et déjà ton bûcher s'élève en échafaud ;
    On t'y conduit ; à cette heure dernière
Terrible au criminel, toi, sans crainte, au Très-Haut
    Tu fais monter cette auguste prière :

« Dieu puissant, je bénis tes rigoureux décrets;

 « Que mon trépas, utile à ma patrie,

  « Ne soit funeste qu'aux Anglais!

« Ils cherchent à cacher, sous le nom de magie,

  « La honte dont ils sont couverts;

« Mais je n'ai jamais vu, comme esprits des enfers,

« Que les juges cruels armés contre ma vie.

 « Et toi, prêtre imposteur, dans un an tu mourras * !

« Que Charles soit heureux au sein de ses états!

  « Que mon pays, que la France prospère

« Sous lui, sous ses enfans, sous les fils de leurs fils!

  « Mes derniers vœux, ma dernière prière,

  « Sont tout entiers pour la gloire des lis! »

A ces mots, suffoquée, elle tombe, elle expire,

Et va cueillir aux cieux la palme du martyre.

Ah! du moins en ces murs qu'a sauvés ta valeur

Tes mânes consolés ne sont pas sans honneur;

 * Cochon, évêque de Beauvais, qui fut un des plus ardens persécuteurs de Jeanne-d'Arc. Il mourut en effet à l'époque prédite par l'héroïne.

Et, quand le mois de mai vient sur son char de rose
Ranimer tous les ans et la terre et les cieux,
Orléans, par un vœu cher et religieux,
Va pleurer sur le marbre où ta cendre repose.
Tous les ans il remplit ce trop juste devoir;
Et chaque citoyen ressent, par ton pouvoir,
Croître de plus en plus, dans son âme attendrie
Son amour pour son Dieu, son prince et sa patrie.

FIN DES NOUVELLES.

TABLE
DES MATIÈRES.

CONTES.

19

NOUVELLES.

FIN.

www.ingramcontent.com/pod-product-compliance
Lightning Source LLC
Chambersburg PA
CBHW061442030726
47503CB00005B/1525